槐缘心曲

杨树槐 著

北方联合出版传媒(集团)股份有限公司
春风文艺出版社
·沈阳·

图书在版编目（CIP）数据

槐缘心曲 / 杨树槐著 . —沈阳：春风文艺出版社，
2018.11（2021.1重印）
ISBN 978-7-5313-5563-2

Ⅰ.①槐… Ⅱ.①杨… Ⅲ.①诗词—作品集—中国—当代 ②散文集—中国—当代 Ⅳ.①I217.2

中国版本图书馆CIP数据核字（2018）第248505号

北方联合出版传媒（集团）股份有限公司
春风文艺出版社出版发行
http://www.chunfengwenyi.com
沈阳市和平区十一纬路25号　邮编：110003
永清县晔盛亚胶印有限公司印刷

责任编辑：单瑛琪　韩　喆	责任校对：于文慧
封面设计：逸品创达设计	幅面尺寸：167mm × 232mm
印　张：19	字　数：165千字
版　次：2018年11月第1版	印　次：2021年1月第2次
书　号：ISBN 978-7-5313-5563-2	
定　价：49.00元	

版权专有　侵权必究　举报电话：024-23284391
如有质量问题，请拨打电话：024-23284384

2010年7月省委组织部离退休老干部在盘锦红海滩

2013年6月于绥中九门口长城

2006年8月在新疆吐鲁番火焰山景区

2010年9月于黄山

2012年夏于辽宁省委院内

2016年1月同夫人付瑞芳于北京天安门前

2010年1月在遵义会议纪念馆

2011年5月在福建古田会议旧址

2011年5月于浙江乌镇

2014年5月于西柏坡中共七届二中全会会址

2016年1月于海南陵水县

2016年11月于陕西西安

2017年5月于延安宝塔山

2002年5月拜访德国特里尔市马克思故居

2006年11月于莫斯科红场

2006年1月访问美国犹他州，会见州长洪博培，并与州议会签署辽宁省人大同犹他州议会建立友好关系协议草案

2007年7月陪同时任省人大常委会副主任王专接待美国犹他州议会代表团团长布兰博和克拉克先生

1998年12月与美国伊州州大芝加哥分校副校长朱蒂签署辽宁省干部MBA培训项目协议

2000年2月访日本大学时留言

2005年1月在澳大利亚悉尼海滨

2005年1月在新西兰

2014年10月于芝加哥

序

一

旧时代有"读书种子"的说法，如果把"读书"二字换成"文学"，那么用"文学种子"来状写树槐同志，倒是十分恰切的。

不过，机缘却并未有意地青睐他。文学需要读书，而他在其他青年学子负笈高等学府的时节，却驰骋在"演兵场"上；复员后到了机床厂，终究没有多少诗性；而后有机会进入市新闻报道组，看似靠近文学大门了，可不久又被调到了市委组织部门。而这一调动竟然使他在省市组织部门工作了几十年，并担任了部里的领导职务。在一般人看来，这应该是很好的机缘哪，可是对于一个喜欢文学、喜欢写诗的人来说，总不能说是如愿以偿，结果，只好在自己的职权范围内，力所能及地支持和帮助省市文联和作协的工作。

这就引出一个新的话题：文学何以竟有如此的魅力？

1990年6月8日，我在辽宁大学中文系讲学时，有人曾经提问："您的地位已经不低了，待遇也足够了，年过半百的人，还犯得上花这么大力气拼搏文学、钻研学术吗？"一句到了嘴边的话"夏虫不可以语冰"，我没有说出，因为这有点不太尊重。我只好含糊其词地答复："在任何时代，追求'判天地之美，析万物之理'的人，总是占全社会人口的极少数，我甘愿加入这个极少数人的'精神贵族'行列，对这一选择我将至死不悔。我有我的快乐，甚至是幸福。"有人说得更神圣了，未免有些脱离实际——这是大境界、大格局、大潇洒。反正这是内心世界的东西，"如鱼饮水，冷暖自知"，它不是给别人看的，仅仅是一种主观的自我感觉。

接下来，人家又问了："那么，苦不苦呢？"我说，相当苦，非常苦，苦情是很深的。法国著名小说家福楼拜,听说他的学生莫泊桑决定当作家,便慨然对他说,你选择了这个职业,以后就不能像一般人那样舒服地生活了,就再也不能享受一般人可能享受到的那些娱乐了。说来也是邪门儿,中外古今的文学之士,都明明知道文学之路千难万阻,"道远且长",可是,他们仍然"趋之若鹜"。丹麦哲学家克尔凯戈尔在日记里写道:"当一个作家或者不当,不是我自己选择的;它是和我这个个体中的一切伴随而来的,是发自其中的最深沉的鞭策。就是说,写作是与自己的整个生命存在紧紧联系的,写作是自己命定的生命境界。就是说,对于一个好作家来说,对于一个以精神探索为命定的生命境界的人来说,当一个作家或者不当,不是自己所能选择的。"

也正是为此吧,所以有人说,患上别的病,都容易救治;唯独和文艺结缘,往而不返,万劫不复。英国作家毛姆的中篇小说《月亮和六便士》,取材于法国画家高更。高更原来是股票公司的一个职员,在四十岁左右,突然迷上了艺术,变得精神不正常,也不回家了。太太怀疑他有了外遇,委托一个私家侦探进行调查。结果报告给高更太太,说他没有和任何女人有来往，现在迷恋的是艺术。太太一听，哭了，说这可完了，如果迷上另一个女人，最多三年会厌烦的，我有信心，凭借我的魅力保证能把他夺回来；如果他迷上吸毒，也可以想办法送到戒毒所，两年过后，便可以洗心革面，换成新人；如果迷上黑社会，更好办，没多久就会被警察抓住，关进监狱，三年五载，出来后就会老老实实了；唯有迷上艺术，无可救药，我这一辈子，算是彻底完了。

迷上了文学艺术，不仅无可救药，至死靡他；而且，还心甘情愿吃苦受累。著名文艺评论家傅雷先生说过："艺术是一个暴君，因为做他奴隶的都心甘情愿，所以，这个暴君尤其可怕。你既然认了艺术做主子，一切的辛酸苦楚，便是你向他的纳贡。你信了他的宗教，怎能不把少牢、太牢去做牺牲呢？"

二

按照我的体会，创作固然是艰辛的，可是苦中有乐，就其本质来说，创作如同读书一样，是一种精神享受。创作的艰辛，体现为一种长期熔铸性情、积贮感受、一朝绽放的甜美。试看母亲诞育婴儿，用一句时髦的话来形容：不是"痛并快乐着"吗？作家面对作品，宛如母亲面对婴儿，那种可爱的"宁馨儿"，总会带来一种温馨感、成就感、自豪感。正是在这一特定的条件下，我们才说："越是艰苦，越是快乐。"

创作过程是艰苦的，但创作心态却并非像负重登山那样，筋肉紧绷，气喘吁吁；而是表现得轻松自如，左右逢源，绝非胶着、执拗。创作过程中，作家总是努力减轻心灵的外部负载，从容不迫、弛张有度地发挥好自己的创作活力。宛如舟行江上，纵目山川，仰眺俯瞰，刹那间感受到宇宙生命的律动，感受到这一律动与内在情怀的契合，目与心会，情与景融。这时节，作者的内心，应该像著名美学家宗白华先生《美学散步》中所说的："涌现了一个独特的宇宙，崭新的意象，为人类增加了丰富的想象，替世界开辟了新境。"诗仙李白说："当其得意时，心与天壤俱。闲云随舒卷，安识身有无。"达到了"物我神会"、双向交流的境界，将形而下的景与情，上升为形而上的审美超越。此时心境，正像宋代词人张孝祥《念奴娇·过洞庭》词中所描绘的：

洞庭青草，近中秋、更无一点风色。玉鉴琼田三万顷，著我扁舟一叶。素月分辉，明河共影，表里俱澄澈。悠然心会，妙处难与君说。

　　应念岭表经年，孤光自照，肝胆皆冰雪。短鬓萧疏襟袖冷，稳泛沧溟空阔。尽挹西江，细斟北斗，万象为宾客。扣舷独啸，不知今夕何夕！

　　完全是一种闲散不羁、自由自在、意态逍遥的境界。所以，黑格尔老人说："审美带有令人解放的性质。"

　　日前，树槐同志以诗文集《槐缘心曲》见示，嘱题数言，弁诸卷首。不巧的是，这段正赶上突击完成人民文学出版社和北京大学出版社的约稿，忙得不可开交，由于日期迫近，确是无暇旁骛。但是，树槐同志我们相识相知已久，感情深厚，单就前面说的那种对文学的虔诚与钟爱，我们堪称同道，无论如何，也应该满足这份不算过高的要求。

　　十多年前，我曾为他的诗集《五月槐》写过一篇序言，突出阐扬三个方面的认知与感想：一是，作者"有强烈的文学爱好"，而且"夙有诗性、文才，情怀超迈，思致深邃"；二是，"诗词题材范围十分广泛，有游踪记感、即兴抒怀，有史海钩沉、托物寄志，有人生感悟、友朋赠答，但大体上说，亦不外乎抒情、记事、阐发哲理"；三是，"树槐同志的诗作，以其深刻的蕴含、悠远的寄托，显示了独特的优长"。

关于诗，应该说的话已经说得差不多了。如果再加补充，那就是作者更加用力，更加投入，成果也更加可观了。而且，增加了许多首词。我在读后，第一个感觉是，比他的诗要好。本来，写词是很不易的，而树槐同志独长于此道，这是一个了不起的收获。下面随手举两个例子：

《沈阳秋晨》，调寄《忆秦娥》：

　　凌晨冽，朦胧睡看楼头月。楼头月，薄烟轻袅，路灯明灭。

　　长街雾罩灰如铁，的哥的姐辛劳切。辛劳切，成龙望子，几番心血！

描情绘景，宛然如画。晨雾中，突出人物"的哥的姐"，衷怀道尽，体贴入微，而以流畅、清新的词句出之，颇富诗性风采。

再如《悼苏轼》，题目本身就吸引人，古今词人写此题材者甚少；偏偏又要调寄《江城子》——人们立刻会想到坡公的悼亡词。这两个因素叠加在一起，就有看头了：

蓦然回首鬓毛霜，志何煌，付蛮荒。海角天涯，谁与话秋光？花甲忽闻朝赦令，深暑重，叹归伤。

忠魂难遏梦还乡，赋周郎，拜长江，明月青天，放眼尽苍凉。彩笔春秋传后世，千古祭，泪沾裳。

尤其可喜的是，这次增添了相当数量的散文随笔。我在多种场合反复说过，喜欢写诗（特别是古体诗）的朋友，不妨尝试着写些散文随笔。著名诗人臧克家先生早在几十年前，就有"多写散文少写诗"之说，不失为悟道之言。叩其原因，无非是写诗绝非易为之事,常常是枉抛心力却难以讨好;而且有其局限性——由于字数、格律、音韵的限制,一些复杂、细腻、婉曲的情愫与思绪很难"尽意"。况且,伴随着商业化、时尚化的无情侵蚀,影视作品的消费性、娱乐性日益凸显出来。写作者往往缺乏审美意蕴的深度追求,以追踪时尚为乐趣,使作品沦为表象化、平面化、口号化的精神符号;从读者层面看,市场经济时代生活节奏快,人们读书的兴趣往往为看手机、发短信、传消息所代替,伴随着心情浮躁,行色匆匆,相应地对于诗的爱好已然削减。而相形之下,散文随笔则显现其一定的优势。散文一个突出特长,是可以曲尽人意,表现细节,而细节是最能感动人的。

三

不是说"隔行如隔山"吗?长期以来,专业人员之外的,或者初学写作的,认识上存在着一个误区:说到写文章,往往以为,只要把事情经过、人物活动记录下来,叙述清楚,就算是散文了;对于写古体诗,许多人也认为,只要凑足了字句,押对了韵脚,念起来朗朗上口,就算诗了。实际上,哪是这码事?

散文是文学。文学的特质是要感动人，要能抓住读者的心灵。它与新闻报道不同，更不同于一般的公文叙事，要求具有形象性、艺术性、审美性。这就应该在语言文字、表现手法、谋篇布局、形象刻画、细节描写、艺术构思方面，俱见功力。作为文学，散文在叙事、说理之外，还应讲究情感、形象、声调、文采，而且必须具有丰富的蕴含，深刻、新鲜的见解，感人至深的描写。现在，散文常见的毛病是：光有叙事，没有细节；光有说明，没有描写；光有述说，没有形象；光是公文式的表述，没有运用文学语言、形象描写、艺术手法。

世上并没有纯客观的形象，艺术生命是作家、艺术家所赋予的。就一定意义说，作家对客体的揭示，常常是一种主观的选择，人各不同的个性化反映。通过观察，作家捕捉到了各种素材，而后对这些素材进行有选择性的反馈处理，即把作家自身的情感、愿望、理想乃至气质、襟怀，外射到被观察的对象客体上面，提炼出符合创作意图的东西。这也就是美学上所说的"审美意向的给予过程"。决定性的因素是创作主体的"内在尺度"，是"如何把内在尺度运用到对象上去"（马克思语）。

作为"艺术之塔"的巅峰，诗词有着更为严格的要求；符合格律，只是起码的标准。此外，还须有学识，有见地，有才情，有古文字基础。上海大学教授、诗人吴欢章先生有言："如今写作旧体诗词，难不在合格入律，而难在运用旧有的形式完美地表现当代的社会生活和今人的思想感情。"此言极是。可是，话又说回来了，如果连格律都未能掌握，又何谈写作旧体诗词！

古代学子从小就苦苦背诵，脑子里积存千八百首诗词是家常便饭，提起笔来，很自然地就合格入律；所谓"熟读唐诗三百首，不会作诗也会吟"。现代人没有这个积淀，怎么办？就得下死功夫去背格律，一方面琢字炼句，研究平仄声；一方面还得考量意蕴、修辞、层次，弄得捉襟见肘，穷于应付。说到家，还得靠个人长期磨炼，光靠声律之类本本的东西解决不了实际问题，更不要说有些所谓教师的讲授作法，尤其靠不住，因为他们本身就不会写诗词，结果弄了一阵子，最终还是若明若暗，甚至一塌糊涂。多年以前，臧老就慨乎其言地呼吁"多写散文少写诗"，也许正是考虑到了这方方面面的情况吧。

槐缘心曲

　　沿着这个思路，再把话题转到树槐同志的散文随笔上。去年，我在第12期文学杂志《芒种》上，读过他的一篇散文《槐缘心曲》，这次结集也收进来了，又认真读了一遍，十分喜欢。文章从自己的名字写起，始终围绕着槐树这个中心大做文章，足迹遍布南北东西，笔意贯穿古今中外，纵横捭阖，恣意挥洒，最终归结到"寻根问祖，又一次深刻感受到中华民族之源远流长；瞻仰大槐树，更透视出中华儿女的优良品质。他们像古老国槐一样，宽宏仁厚而又坚韧不拔，志在四方而又不忘根本"这一宗旨上，千里来龙，到此结穴，章法鲜明，遒劲有力。其他还有几篇，反映乡情、乡思、乡梦的，也都各具特色。

　　我想，以树槐同志娴熟的文字基础、丰富的人生阅历、深刻的生命体验和开阔的视野、高远的见识，今后如能在这方面多下一些功夫，其成果必将是大有可观的。

　　是为序。

王充闾
2018年7月

目 录

七言诗

登恒山感《笑傲江湖》佳趣 / 003

赠导游侯金凤 / 005

驱车豫北平原有感 / 006

游云台山 / 007

嘉兴南湖 / 008

友人自广州寄来鲜荔枝有感 / 010

我部老干部旅游住兴城海滨 / 011

义县奉国寺咏契丹萧太后 / 012

游兴城古城 / 013

即兴绥中野竹园 / 014

境外干部培训工作十余年感言 / 015

忆亡妻 / 016

观朝阳市景 / 018

彰武县阿尔乡寻沙记（二首）/ 020

感叹四川多灾 / 022

辽河情思 / 023

题大连棒棰岛宾馆 / 024

十月革命九十六周年感怀 / 025

台南延平郡王祠缅怀郑成功 / 026

游台湾最南端感怀 / 027

窗前杨 / 028

加州感记 / 029

拉斯维加斯 / 030

应海南友 / 031

自行车 / 032

偶思 / 033

南山居夜色 / 034

克什克腾游记三首 / 035

读兰云翔首版诗集谢答 / 037

纪念中国关工委成立二十五周年 / 038

目 录

衣食住行（四首）/ 039

南京掠影 / 041

雨夜游扬州运河 / 042

隋炀帝陵感怀 / 043

寄旅涵田汇金度假酒店 / 044

何园思绪 / 045

镇江金山寺 / 046

路过常州 / 047

无　锡　游 / 048

题范蠡太湖垂钓塑像 / 049

秋雨寒山寺（三首）/ 051

苏州拙政园（三首）/ 053

致鄢钢城 / 055

候　鸟 / 056

岁　末　吟 / 057

题赠辽宁"候鸟" / 058

夜观陵河大桥 / 059

题陵水志愿者 / 060

海滨逸情 / 061

题海边鹅卵石 / 062

赠韩晓东主任及其同事 / 063

读《容斋随笔》（十二首）/ 064

满 洲 里 / 068

室韦口岸 / 069

根河景区 / 070

阿尔山杜鹃湖 / 071

本溪关门山秋韵 / 072

丙申中秋 / 073

咏 菊 / 074

三国人物（二首）/ 075

丙申小雪感怀 / 076

大雁塔前 / 077

骊 山 吟 / 079

乾陵吊武则天 / 080

途经永济感念王右丞 / 081

《一带一路》纪录片观后（二首）/ 082

感叹民国四公子之张伯驹 / 083

平台招雀 / 084

南 山 雪 / 085

大连夏家河海岸观冰 / 086

目 录

元宵节感怀 / 088

沈阳浑河观雪（二首）/ 089

沈阳中山公园即景（二首）/ 090

三春曲（三首）/ 091

立夏得雨 / 093

秦晋谒祖 / 094

洪洞县感怀 / 095

粽　子 / 096

水　泥 / 097

沈阳中山公园即景 / 098

大连歇暑 / 099

秋感之一 / 100

秋感之二 / 101

牵　牛　花 / 102

五　年　颂 / 103

春　雪 / 104

重庆至宜昌游轮上 / 105

荆州三国古战场感怀（三首）/ 107

报　春　花 / 109

题黄洋、刘天雨重访UIC / 110

五言诗

车过雁门关隧道感怀 / 113

平　遥　游 / 114

瞻岳飞庙感怀 / 116

游洛阳关林感吟 / 117

女书法家张樱馨 / 119

福州林则徐旧居 / 120

闻康捷出访中东三国 / 121

营口辽河大桥 / 122

初至祖籍河北滦南县曹岭村 / 123

题朝阳古生物化石博物馆 / 124

朝阳双塔 / 125

阜新天水谷温泉浴后 / 126

题大连南山居 / 127

伤困于家 / 128

赠儿时同学刘文进（二首）/ 129

秋日闲居 / 130

幼　儿　园 / 131

无锡晨雾 / 132

目 录

海南岛抒怀 / 133

丙申中秋之夜 / 134

读《容斋随笔》之牛米 / 135

大连梧桐 / 136

三国人物 / 137

南　山　秋 / 138

丙申腊八记（二首）/ 139

元宵节南山小区漫步 / 140

为四弟乔迁新居感言 / 141

观　雪 / 142

沈阳中山公园即景 / 143

词

忆秦娥·悬空寺感吟 / 147

渔家傲·闽赣行 / 148

鹊踏枝（蝶恋花）·七夕感怀 / 149

满江红·旅顺口感怀 / 150

水调歌头·缅怀田家英 / 151

长相思·纪念红军长征胜利八十周年 / 152

蝶恋花·落花新曲 / 153

念奴娇・有感"一带一路" / 154

忆江南・咏丁香（三首） / 155

长相思・母亲节感怀 / 156

沁园春・初访延安 / 158

踏莎行・谒山西洪洞县大槐树 / 160

忆秦娥・沈阳秋晨 / 162

江城子・悼苏轼 / 163

长相思・悼金庸 / 164

新诗

长白桥下 / 169

高　塔 / 171

槐　花 / 172

散文

由福建土楼想到的 / 175

台湾纪行 / 179

善者自在人心 / 189

大路深情 / 198

渔村童年 / 204

目 录

难忘的"小楼现象" / 224

点滴回忆寄深情 / 232

辽河随想 / 238

槐缘心曲 / 253

七言诗

七言诗

登恒山感《笑傲江湖》佳趣

凭书寻迹岳恒松,侠义江湖探旧容。

奇想独思悬空寺,生花妙笔见性峰。

群尼戏剑声犹在,令狐衔杯味尚浓。

心寄神州情满目,长篇写透万山重。

2010年5月20日

注:金庸先生所著之《笑傲江湖》一书,写了五岳剑派中的恒山一派,是以女尼为主体的武林门派。后因变故,男性大侠令狐冲受定闲师太的重托,担当了恒山派掌门。

槐缘心曲

2010年5月于北岳恒山悬空寺

赠导游侯金凤

高原黄土水汾流，巧遇伊人做导游。
史贯六朝才慧女，声萦三晋赛名优。
不辞勤苦从民业，甘将华年付志酬。
关外友朋常记忆，约来辽沈泛河舟。

2010年5月23日

驱车豫北平原有感

冬麦新成遍地金,

平原一望万千寻。

若评河豫些些好,

尚有良田广至今。

2010年5月24日

注：多年来，各省因工商及房地产业发展而蚕食良田的现象十分严重，今见豫北麦地广阔，故发此感。

游云台山

云台胜景荡心旋,恍遇蓬莱梦里仙。
峡壁盘缠不见尾,穿山栈道少观天。
奇岩怪洞形瑰异,瀑布灵溪态万千。
出谷拾阶迎夕照,犹谈尝过不老泉。

2010年5月25日

嘉兴南湖

烟雨楼前忆当年,南湖波霭映红船。
古稀扶杖横清泪,童稚挥旗誓壮篇。
感叹先贤风雨日,更珍吾辈艳阳天。
淘沙大浪迎九秩,红色基因世代传。

2011年5月11日

七 言 诗

2011年5月于嘉兴南湖红船

友人自广州寄来鲜荔枝有感

千年墨客荔枝词,
一笑环妃百骑尸。
银燕而今通万里,
尝鲜当日美如斯。

2011年7月7日

七言诗

我部老干部旅游住兴城海滨

老年结伴壮心游,
宾馆园深宿近楼。
小憩凭窗观大海,
无垠天水艳阳秋。

2011年8月25日

义县奉国寺咏契丹萧太后

胡天偏降靓丽英，寒雾难遮耀空明。
欲兴辽骑攻劲武，为成帝业断真情。
垂帘二五雄图现，扩地三千伟业荣。
巾帼古来不胜数，功如小绰几人行！

2011年8月26日

注：契丹萧太后，名萧绰，字燕燕，史称承天后。辽景宗之妻，圣宗之母。辅佐病弱的景宗，决断军国大事十四年，又监护年幼的圣宗，临朝摄政二十多年。对辽朝的发展和稳固起到重要作用。

游兴城古城

沧桑六百古城防,慨叹楼头忆逝光。
袁公利炮声在耳,汗王金甲血沾裳。
良将沉冤悲明末,往事萦怀念岳王。
治国从来人为本,安邦岂赖筑高墙。

2011年8月27日

即兴绥中野竹园

知情秋雨挽游人,
把酒临窗景色新。
远望风轻湖水缓,
恍如画舫济遥津。

2011年8月27日

七言诗

境外干部培训工作十余年感言

十年育贝彩珠千，
玉带连成闪异鲜。
洒向城乡山野处，
光辉辽沈锦江天。

2012年8月8日

注：根据辽宁省委、省政府的人才战略，自1999年年初至2012年，我省先后向六个国家的十几所大学，派出一千五百多名领导干部和后备干部，进行一年以上的脱产硕士研究生培训。目前，这些留学归国人员已有多人担任了省市机关、大中企业、高等院校的负责人，特别是在涉外部门所占比例更大。他们已成为辽宁经济和社会发展的骨干力量。

忆亡妻

前思四十宴尔婚，

斗室红光两意温。

稀古回眸当日处，

高台白象伴君魂。

2012年12月17日

注：余结婚时的旧居已拆除，地址在营口辽河老街中段。现在原住处已建成一座木板平台，台上塑有一尊白色大象。面对人去房无，让人感慨万千。

七 言 诗

2005年10月1日同故妻郑秀博拜访韶山毛主席故居

观朝阳市景

昔时凌水历年干,今看清流绕市湍。

十里胶堤拦水碧,五桥飞渡跨河宽。

青山耀日沉虹影,星夜明楼照紫澜。

久旱朝阳新面貌,花城绿树万家欢。

2013年7月10日

七 言 诗

2006年7月于朝阳市大凌河畔

彰武县阿尔乡寻沙记（二首）

之一

辽西风口在彰台，挟土扬沙漫掩来。
横卷千村呼啸过，遍蒙万户撒黄灰。
沈辽民众皆尝粉，诸市楼头尽染埃。
饭后茶余谈旧事，空留无奈咒尘灾。

七言诗

之二

为偿旧愿视边来,绿掩青丘草木开。

十载苦干成硕果,千丁奋斗广生财。

造林莫道乡官小,创业休嫌大众呆。

昔日流沙无觅处,林清风软拂舒腮。

2013年7月12日

注:彰武县阿尔乡的乡村干部,特别是北甸子村党支部书记董福财,带领群众艰苦奋斗十多年,造林治沙,大大改善了生态环境,提高了农民生活水平。这样的基层干部功不可没。

感叹四川多灾

金盆天府巨灾多,地震山洪带滑坡。
千顷良田遭损毁,百条大道水成涡。
人心振奋凭国力,重建家园仗众和。
喜看汶川新镇美,李公再世也当歌。

2013年8月16日

七言诗

辽河情思

初临河渡借扁舟,又看斜阳映玉鸥。
岸畔砌炉胡炼铁[①],坡边垂钓慢行钩。
春来帆密迎西海,冬至风寒冻苇洲。
多少童年辽水趣,常随轻浪入心流。

2013年8月18日

---

① 1958年"大跃进"时,我正读初中,曾与同学在辽河边砌炉炼铁。

题大连棒棰岛宾馆

槐香深处几尊楼,异彩灵工隐碧丘。

九里通幽仙境路,三厢临水海滩头。

客宾来去多权贵,盛会频繁尽国谋。

更喜今朝全展放,宏园美景任人游。

2013年8月25日

十月革命九十六周年感怀

巡洋舰重炮声湮,回首已然近百年。
共产曾于斯国现,真经犹在五洲传。
丧权当恨亡家子,振兴还望聚志贤。
几度风云多变幻,乾坤朗朗看中坚。

2013年11月7日

台南延平郡王祠缅怀郑成功

少年习舰逐浪行，临难承钧续尾明。
一旅难图驱虏梦，偏师智取悍夷城。
政施宝岛兴州县，拓发山河惠贾耕。
完璧三朝归故国，功垂万古耀天宏。

2013年11月

游台湾最南端感怀

鹅銮鼻外大洋巅,幻影浮光忆当年。
恍若机群遮日月,犹如舰炮震云天。
千盘荒岛留残骨,万仞深涛葬铁船。
又有倭奴寻旧事,谁容亚太起狼烟!

2013年11月

窗 前 杨

庭院生株百岁杨,
高盈数丈我窗旁。
枝头甫见毛毛狗,
春意绵绵入沈阳。

2014年3月

加州感记

大洋波暖拂滨沿，洛岳横身朔气前。
沙里淘金招牧仔，岩边筑路聚华员。
富能敌国惊洲际，技压群雄震宇天。
几度流连思未解，人间奇迹百余年。

2014年9月

拉斯维加斯

荒唐戈壁不眠城,万贯黄金聚富亨。
博彩何为倾社稷,他山巧借助珩城。
昨闻狮岛成新馆,回看椰乡尚未萌。
两制思来容量大,权标固本任通行。

2014年9月

应海南友

仲春偶遇朔风旋，
却喜阳台暖意绵。
室内单车能健体，
关东也可比琼乾。

2015年3月2日

自 行 车

沽来动静两单车,
内外随时任自余。
晴雨强身皆不误,
夕阳盛世乐安居。

2015年3月15日

偶 思

窗前何必有林荫,案底停书望市尘。
子夜灯光如白昼,日中巨厦指天垠。
谁家斗室成才子,哪户庭堂育丽人。
同代轮回难再遇,繁街一世也精神。

2015年3月16日

南山居夜色

庭前花木已成林，
漫送清香沁肺心。
小径从容常练客，
朦胧不辨细眉襟。

2015年6月27日

克什克腾游记三首

石 林

冰川溶铸古岩疏,绿野高原布褐庐。
懒卧躬停形各异,天宫失落几筐书。

草 原

低山旷野广无垠,新草及踝铺绿茵。
漫岭牛羊天际处,声声欢叫半空频。

森林公园

山川奇丽赖芳林,绿树清泉翠鸟吟。
白桦休言难做栋,馨风也醉寿星心。

2015年7月30日

槐缘心曲

2015年夏于克什克腾草原

读兰云翔首版诗集谢答

多年同院勉为官，未晓兰兄韵律端。
满纸芳英燃目亮，通篇玄睿起心澜。
稀年井喷凭根底，力作香留赖苦寒。
自此书前常会友，聆听就教莫嫌难。

2015年9月3日

纪念中国关工委成立二十五周年

旗开功立几经年,关字门前聚老贤。
城巷校园频入去,村头小院语声绵。
红心哺育鹃啼血,大爱回眸虎奉怜。
幼木成林关大计,千秋圣业万年传。

2015年9月6日

衣食住行（四首）

衣

初为蔽体御风寒，百变今朝比靓观。
任你名牌天上价，穿衣由我亦何难。

食

千古躬耕食作天，亿民温饱史空前。
安来米菜无污迹，洁净清新保健全。

住

千重广厦傲秋风，大庇平民悦幼翁。
差质新房不算少，工程当重百年功。

行

国人方叹路无车,忽若江流漫市渠。
早借他山前事鉴,深谋预策巧留余。

2015年10月29日

南京掠影

年逾稀老又临吴，半日金陵也拾珠。
几代轮庄皇府第，六朝兴败帝王图。
紫金山碧层林染，玄武湖宽翠影涂。
歌舞秦淮今又是，雨花魂照古城殊。

2015年10月31日

雨夜游扬州运河

行船十里运河头，
阴雨朦胧若帝舟。
灯影灭明杨柳岸，
谁知今夜在扬州。

2015年11月1日

隋炀帝陵感怀

江都郊北访枭魂，微暖秋阳锁静垣。

黄叶随风飘滞水，孤丘僻野伴空门。

欺兄弑父称皇业，掘地通河扩域坤。

一代豪雄终做土，千秋功过任清浑。

2015年11月2日

寄旅涵田汇金度假酒店

现代名楼仿旧胎,
飞檐斗角几重来。
窗前移座餐新色,
一院霞光映玉台。

2015年11月2日

何园思绪

漫步何园小径徊，
精英几代丽魂来。
江南多少书香第，
育就纷纷济世才。

2015年11月3日

镇江金山寺

儿时一曲白蛇传，
引我江城觅玉仙。
瀚水归塘平若镜，
强登宝刹立岚巅。

2015年11月3日

路过常州

为寻战友过常州,走马观花半日游。
楼峻堪如天柱顶,路通恰似大江流。
车经几座高学府,目送数园常绿丘。
欲告乡人莫自大,江南榜样在前头。

2015年11月4日

无 锡 游

林丰路好尽通途，
大佛崇天抱趾弧。
炫目梵宫皆圣品，
鼋头一角探名湖。

2015年11月5日

题范蠡太湖垂钓塑像

经纶慧智可吞吴,得舍功名淡有无。
薪胆陪君昭日月,荣华劝友避江湖。
随身携美为王计,浪迹凭舟赴贾途。
天赐才情山野客,绵长福寿圣陶朱。

2015年11月6日

注:有一种说法,说范蠡远避江湖时带走了西施,主要是因为担心越王迷恋西施美色,导致越国衰亡。

槐缘心曲

2015年11月于无锡太湖范蠡垂钓塑像前

秋雨寒山寺（三首）

之一　大钟亭

初莅姑苏七秩行，寒山秋雨索钟棚。
难期夜半传音远，运杵相扶荡几声。

之二　寺　院

名刹寒山始圣僧，千年香火脉相承。
禅心何计身淋雨，但进尊诚不乞应。

注：大钟亭内，我与夫人瑞芳交二十元人民币，被允相扶撞钟三下。

之三 枫 桥

雨住云开日放晴，循河向北步轻盈。
觅来当夜停舟处，既见枫桥又见卿。

2015年11月7日

注：苏州人在枫桥附近张继泊舟处，塑造了一尊张继的坐姿像，以供游人观瞻。

苏州拙政园（三首）

之一

东吴豪盛早为家，何必明庸又画鸦。
败子输园当夜尽，欺僧占寺已栽瓜。

之二

拙园佳处起厅宏，占去秋池少半成。
暗绿残荷犹举伞，鸳鸯几对叶阴鸣。

注：据说拙政园最早为东吴大臣陆绩所建。明朝时被致仕御史王献臣占为己有，取名拙政园。扩建中还撵走了一座寺庙。他死后其子与他人赌博，一夜之间输掉了整个园子。

之三

千年名第易东频,几度奢华几度沦。
历尽沧桑逢盛世,满园春色属人民。

2015年11月8日

致鄂钢城

命生一世度人烟，犹若冰花落百川。
幸运能成三二事，深思或载一家篇。
身居静处常回省，事业奔波也在缘。
面对三伦无可愧，心气平和自怡然。

2015年11月11日

候　鸟

中华大国九州神，
北地严寒赤海春。
老去相携充候鸟，
琼崖处处是乡人。

2015年11月30日

岁 末 吟

少年无律梦轻狂,两愿生心世为章。
勤读书卷明至理,力助才华举宏梁。
苗青当谢及时雨,春暖全凭好日光。
稀古畅怀逢岁末,安倚窗外沐斜阳。

2015年12月30日

题赠辽宁"候鸟"

陵河侧畔筑新家，飞聚多群北地鸭。
昂首伸躯承日沐，振翎凝气啖鱼虾。
温馨一觉椰林暖，愉悦三游碧海遐。
老雀不陪衡岭雁，更来丽岛度风华。

2016年1月6日

夜观陵河大桥

夜半珠灯粉绿颜,
条光映水彩虹斑。
遥闻桥上车声过,
今夜谁家人未还。

2016年1月9日

题陵水志愿者

身穿马甲又佳名,少许薪酬也耀荣。
企业出资扶待岗,市区联手助民情。
答询指路充街面,理巷修花绕满城。
只要真心抓实事,千条妙法自通行。

2016年1月16日

海滨逸情

春来碧海冷滩前，
几叶轻舟空自眠。
渔老不知何处去，
群鸥争落荡悠然。

2016年2月25日作于大连棒棰岛海滨

题海边鹅卵石

地火升腾送入尘，
浆岩几处落洋滨。
任凭潮汐淘千遍，
难灭坚恒一粒珍！

2016年2月25日

七言诗

赠韩晓东主任及其同事

滨城纤细史书官,十数同人共墨翰。
案际岂无鸿鹄志,笔端常透碧心丹。
辽河故事流传远,《营口春秋》岁月宽。
不务虚名不羡利,清廉淡泊气如澜。

2016年7月2日

注:韩晓东,营口市史志办主任。安心于平凡工作岗位,带领一班同事,做出了很好的业绩。《营口春秋》就是他们创办的一种很受欢迎的刊物。

读《容斋随笔》（十二首）

之一　鬼宿渡河

封建王朝岁月煎，愚民礼教锁绳缠。
男欢女爱天情扼，生死分离苦剧连。
梦里良缘推后世，心头相恋寄神仙。
史家何必评真伪，佳话民间自古传。

2016年8月

之二　八月端午

端五当非八月殊，中华古历有先符。
明皇侈定千秋日，百姓偏尝五月芦。

之三　唐重牡丹[①]

学家最忌点为盘，未确之闻慎断完。
才若欧阳车斗富，唐诗何笑少牡丹？

之四　秦用他国人[②]

得人兴国典经言，借此扬秦理更轩。
客相岂从鞅氏后，蹇翁百里已开源。

之五　汉唐八相

汉唐社稷历多年，人力天时助梦圆。
良相功丰不可没，留名青史续华贤。

---

① 欧阳修在其《牡丹释名》中说，唐朝诗人将各种名花异草，几乎都要写入诗中，却少有人写牡丹。洪迈公仔细查阅了一下，发现唐朝的白乐天、元微之、徐凝等著名诗人，都有许多写牡丹的诗。看来欧阳修的这一断言确实是错了。

② 秦国逐步强大并最终统一六国，一个非常重要的原因是选贤任能，特别是对本国外的能人敢于委以相位，且用人不疑。自秦穆公至秦王政，秦国曾重用百里奚（虞国人）、蹇叔（宋国人）、繇余（晋国人）、商鞅（卫国人）、张仪（魏国人）、范雎（魏国人）、李斯（楚国人）等多人为相，对秦国的发展和强大起到了至关重要的作用。

之六　诸葛公

迈公评史誉人严，难有嘉扬落笔尖。
唯侍武侯尊备至，一吟三叹浩情添。

之七　曹操唐庄宗

明君自古赏惩公，珍爱能臣表大忠。
昏主斤斤贪小利，亡身败国瞬间空。

之八　巫蛊之祸[①]

辉煌汉武老来僵，迷信巫人起祸墙。
更有江奸充恶爪，古今最恨是阴伥！

之九　唐诗无讳避

无讳唐诗敢逆言，针砭时弊括清繁。
笔椽难挡君王剑，只剩诗文正气存。

[①] 汉武帝年迈，精神恍惚，且残忍好杀，祸及妻子儿女。但江充的诬告，确实起到了推波助澜的作用。这种奸佞小人，是罪不可恕的。

之十 二传误后世

大义无亲本予夸，相煎何必借书家。
古来多少宫廷恨，责怪经文理太差。

之十一 苏张说六国

你来合纵我连横，六国君臣左右盲。
自古兼听书上易，辨明良策几人行。

之十二 无望之祸

评人常患太极端，炀帝昏顽早盖棺。
但闻童儿生死事，良知一点是心肝。

2016年10月

注：隋炀帝让道士炼丹，久而不成。道士说须童男童女的胆髓三六斗加入方可。隋炀帝没有取童男童女的胆髓，而把道士杀了。所读《容斋随笔》为北京燕山出版社1997年10月版。

满 洲 里

列车一路到边城,
尖顶花楼异域情。
五代国门堪为鉴,
相依唇齿护双赢。

2016年8月

注:位于满洲里的五代国门,分别建于清末、1920年、1968年、1989年和2008年,从一个侧面反映了中俄两国百年交往史。

室韦口岸

额水蜿蜒四季同，
穿林越岭划俄中。
一桥宏伟连双岸，
伫望犹思鹿鼎公。

2016年8月

根河景区

根河九曲绕群峰，
栈道幽长透劲松。
望眼云丝轻又细，
无边苍岭绿葱茏。

2016年8月

阿尔山杜鹃湖

丰林秀岭卧如弓,
倒挂平湖影异同。
迷漫清光松隙透,
层云雨后锁长空。

2016年8月

本溪关门山秋韵

关门山内甫经霜,

万树枝头绿赤黄。

遥望堤南云水远,

一湖秋色逗人狂。

2016年9月12日

丙申中秋

寄情千古中秋月,
隔阻关山两地身。
今去迢迢当日尽,
何缘还照梦中人?

2016年9月15日

咏 菊

红蓝白紫绿橙黄，
散带勾团细短长。
不独金麟秋占色，
精华百卉尽芬芳。

2016年9月25日

三国人物（二首）

刘 备

贩履何曾忘国忧，甘当风雨济廷舟。
三英义结兴刘梦，一举良臣壮志酬。
直取汉中连锦蜀，雄安天府帝华州。
但悲竖子衰王业，唯见园坟自古留。

贾 诩

计略才能未称丹，皆因德薄少正端。
助魔为虐扶胡逆，祸国殃民乱长安。
度势审时投酷瞒，推波助浪帝子桓。
七移其主唯名利，面对忠魂入梦难！

2016年9月

丙申小雪感怀

好雪应灵是落时，
飞花一叶也藏诗。
漫天皎洁吟何处，
融在心头可自知。

2016年11月22日

大雁塔前

雁塔阶前谒圣灵，
千年往事忆唐廷。
长安车马今如旧，
何处时人尚读经。

2016年11月29日

槐缘心曲

西安大雁塔

七言诗

骊 山 吟

弹襟飘落几丸沙,感叹昏顽逆祖娲。[①]
举火玩兵为妾笑,[②]豪宫苛赋两朝奢。[③]
香汤玉颈投缳死,[④]内战殃民被禁拿。[⑤]
千古名岚沧乱久,今逢盛世漫山花。

2016年11月30日

---

① 传说,女娲补天之后抖落衣襟,几颗沙粒落入尘埃,化为骊山。
② 指周幽王烽火戏诸侯。
③ 指秦朝二世而亡。
④ 指杨贵妃。
⑤ 指西安事变。

乾陵吊武则天

弥神^①一笑转尘生,村女华姑掩圣萌。
小媚岂应鸿鹄志,曌音方显帝王名。
宫中谋密祧尊统,杖下声沉弱血盈。
纵使皇威冠华夏,难还碑字古今盲。

2016年12月2日

① 西安民间有一种传说,说武则天是弥勒佛转世。

途经永济感念王右丞[①]

高铁西安至运城,
蒲州草木甫凋倾。
凭窗回望群楼处,
痴想王维某户生。

2016年12月3日

---

① 王维,河东蒲州(今山西运城永济市)人。唐朝著名诗人,字摩诘。曾任尚书右丞,世称"王右丞"。

《一带一路》纪录片观后（二首）

之一

黄沙古道忆驼声，丝路千年百国情。

锁国清廷昏弱久，割据军阀自求荣。

强梁吞掠如饥虎，大盗横行似恶鲸。

多少志贤中兴梦，付与江海共悲鸣。

之二

沧桑几度百年冬，中华神州醒巨龙。

深化改革时运旺，坚持开放势葱茏。

强兵富国不称霸，扶弱联强促互容。

一带一路号角起，畅通海陆宇天彤。

2016年12月27日

七言诗

感叹民国四公子之张伯驹[①]

书生乱世裹风尘,随命康穷自炼身。
倾宅惜留千古墨,护珍不屑万斤银。
淡看功利非浪子,寄爱诗文赛雅神。
闲去故宫观旧迹,当思丛碧至情人。

2016年12月28日

[①] 张伯驹（1898—1982），字家骐，号丛碧，河南项城人。中国爱国民主人士、收藏鉴赏家、书画家、诗词学家、京剧艺术研究家。曾任故宫博物院专门委员、国家文物局鉴定委员会委员、中央文史馆馆员等职。民国时期，曾变卖家产并不顾身家性命，收藏保护了一批将要流出国外的国宝级书画。新中国成立初期，他将自己收藏的八件无价之宝捐献给国家。其中包括他用四万大洋买下的，迄今尚存最早的名人手迹——一千七百多年前晋朝陆机的《平复帖》，还有隋朝展子虔的山水画《游春图》等。1956年7月，时任文化部部长沈雁冰（茅盾）亲笔为捐献八件国宝的张伯驹签发了褒奖令。

平台招雀

窗外平台三尺悬,
撒些粟米若珠连。
招来十几南山雀,
直送欢声入心田。

2017年1月8日

南山雪

三九风寒美境开，
枝头点点挂晶皑。
不是岑子能观雪，
哪有梨花妙句来。

2017年1月8日

大连夏家河海岸观冰

远望无边满目凌，
恍如极地雪原凝。
问君此景来何处，
旅大西郊海上冰。

2017年2月1日

七 言 诗

2017年2月同夫人瑞芳于大连夏家河海滨

元宵节感怀

天道无常梦世生，
元宵十载两阴晴。
当年风雪迷茫夜，
今剩孤碑照月明。

2017年2月11日

沈阳浑河观雪（二首）

之一

瑞雪轻飘二月风，冰河铺镜落鹅绒。

长桥横跨车如水，不见孤舟野钓翁。

之二

二月凌花漫域来，城南观景悦心开。

休言我市多黔雪，十里浑河尽皎皑。

2017年2月22日

沈阳中山公园即景（二首）

曼 舞

花岗石铺几坪圆，大妈多群舞若仙。
快步嗒嗒如急雨，轻歌荡荡似飞烟。
园深曲淡不劳众，林密声和只向天。
国富兵强安泰世，黎民百姓尽悠然。

热 议

林中亭下几群人，阔论高谈采奕神。
中外古今无际事，鱼虫花鸟有芳邻。
智翁诩诩知天下，听者唯唯颔首频。
国是关心在众品，民情利导能因循。

2017年3月5日

三春曲（三首）

之一

飞雪迎来二月春，余寒料峭尚凌人。
虽然风有思冬梦，河下冰层已渗津。

之二

东风一过草伸芽，已见园中迎季花。
杨树枝头毛狗穗，争为绿叶探温华。

之三

树绿花稀春月尽,山深谷暖瀑冰凉。
清溪小径游天半,呼去积尘气自香。

2017年2月至4月

注:本溪关门山景区有瀑冰美景,洁白冷峻立于悬壁,虽时至四月末,仍居深山而不化。

立夏得雨

三春去尽老龙知，
莫令玄公宝剑持。
巧借东风霖半日，
农家正是盼墒时。

2017年5月5日

注：神话传说中有魏徵（字玄成）梦中斩龙故事。

秦晋谒祖

一程秦晋起心泉，亘古文明布衮川。
首履平阳朝圣庙，拾阶桥岭拜黄玄。
洪洞感知杨家祖，大树听闻嫡子缘。
汾水黄河千万里，槐根血脉五洲传。

2017年5月28日

注：山西临汾市（古称平阳）建有尧庙，内供尧舜禹三帝，故也称三圣庙；黄帝轩辕氏的陵墓，位于陕西省黄陵县城北桥山。

七言诗

洪洞县感怀

周王三度早封杨,千载儿孙密五疆。
故井难回因战乱,前根鲜省坐兴亡。
神州复兴多年梦,华夏升平万里扬。
阅尽洪洞斓丽景,槐香四海瀚流长。

2017年5月30日

注:据有关资料介绍,周王朝曾于周康王六年(公元前1015年),封姬杼于杨地(今洪洞县境内),为杨侯国之杨侯。遂以地为姓,名杨杼,成为杨姓的第一始祖。此后,又分别于周宣王十九年(公元前809年)和周安王五年(公元前397年)两次封杨姓子孙为杨侯。洪洞县即古杨侯国,秦汉时置杨县,隋义宁二年(公元618年)改杨县为洪洞县。

粽　子

糯米香柔品位高，
抱团芦叶更情牢。
一颗红枣心如日，
长祭千年泪水涛。

      2017年5月29日

水 泥

浴火重生落世尘，回头已是粉糜身。
江湖万里纷纷影，广厦千层密密屯。
大库深塘凝巨坝，长桥阔路铸磐钧。
轮回应感平生梦，寰宇相闻尽至亲。

2017年6月4日

沈阳中山公园即景

六月风和万叶华，
通园绿色少存花。
朦胧远看红斑点，
老太浓妆舞彩霞。

2017年6月

大连歇暑

伏天酷热汗如泉,我慕清凉住大连。
山间小亭能避暑,林中纤径可听蝉。
闲时群里观新作,夜静星空望月圆。
唯感同朋分日久,常于梦里共怡然。

2017年8月

秋感之一

酷暑蒸身盼季凉，金风拂面反思茫。
夜中烦听敲窗雨，更晓迷睃映壁光。
扶几闲吟难续句，开门信步好承阳。
回眸时看光阴短，满院青梢又泛黄。

2017年9月

秋感之二

伊人何必唱悲秋，
四季轮回各自由。
百日春华终有果，
人逢花甲也风流。

2017年9月

牵 牛 花

儿际初知喇叭花，
渔村鲜见几人家。
老来更爱牵牛美，
种上多茎绕院笆。

2017年9月

五 年 颂

居安难得理兴亡,一届回眸伟业彰。

治党从严钢铁律,强军雄视海天疆。

双重"路带"思谋远,五大方针①立意长。

唤起神州兴盛梦,中华大地放光芒。

2017年11月

---

① 指党的十八届五中全会提出的"创新、协调、绿色、开放、共享"五大发展理念。

春 雪

春风一夜唱胡笳,
玉砌冰封雪万家。
城里难知山野貌,
隔窗枝上看梨花。

2018年3月5日

重庆至宜昌游轮上

亘古长江改旧沿，拦腰一坝水平川。
朝天门外千程远，白帝城头百丈悬。
未见峰高猿啸处，难寻帆影浪飞前。
诗仙若使今还世，波上当惊浩瀚船。

2018年4月19日

槐缘心曲

上图为2018年5月于长江三峡游轮上。下图为夔门

荆州三国古战场感怀（三首）

诸 葛

为定三分觅助帮，联吴大计必亲详。
群儒舌战皆缄口，东主真言始振纲。
铜雀谈乔羞傲瑾，东风借力败曹强。
从来三国书家趣，一战掀开鼎立章。

2018年4月21日

注：有史学家评三国，认为三国鼎立的局面，实际上是始于赤壁之战后。余深以为是。

借 箭

大雾弥江鼓乐隆,镝飞十万插舟蓬。
氤氲满目今如旧,尚忆周郎妙计空。

庞 统

貌似霉星纬策煌,鱼琴一尾道炎凉。
闲来巧献连环计,百万曹兵惨命亡。

2018年4月21日

报 春 花

报春花放早承凉,
四月风和绿代黄。
作嫁年年终不悔,
满园乐看百花香。

2018年4月27日

题黄洋、刘天雨重访UIC[①]

芝城一去几经年，

远近分离赖互联。

难得黄刘寻旧校，

如烟往事激心田。

2018年5月12日

[①] UIC为美国伊州州立大学芝加哥分校的英文缩写，我省曾先后派出七期共二百〇一人在该校进行MBA培训，黄洋、刘天雨均为该校第一期学员。

五言诗

车过雁门关隧道感怀

千年设险关,兵重挡胡顽。

白发忠良将,青春伴野山。

长歌怀旧事,盛世降人间。

秦晋三千里,通途一日还。

2010年5月21日

注:范仲淹《渔家傲》词中,有"将军白发征夫泪"句。

平 遥 游

多闻古迹娇,今日到平遥。

城阔千弓远,墙冲三丈超。

店铺鳞次立,衙府画梁雕。

唯觉排污差,通街臭味飘。

2010年5月22日

五 言 诗

2010年5月于山西平遥古城

瞻岳飞庙感怀

家门重奉公,滴血刺精忠。①
青谷初胜绩,②朱仙再建功。③
欲平鞑虏穴,饮恨浙江东。④
吾辈思忠烈,长歌《满江红》!

2010年5月24日

---

① 岳飞从军临行前,岳母为激励儿子抗金救国之志,在其后背刺上了"精忠报国"四个字。

② 岳飞应诏抗金之后,先在张所元帅部下任副都统。青龙山一战,以八百壮士大败金兵数万人。

③ 1140年,岳飞率军北上,在河南中部各地抗击金兵,收复失地。后进军到开封西南的朱仙镇,大破金兵十万,取得抗金作战的辉煌胜利。

④ 抗金名将岳飞被赵构、秦桧等人以莫须有的罪名,害死在杭州大理寺风波亭。

游洛阳关林感吟

洛阳谒关公,[①]香火照神明。
桃园生死义,创业三弟兄。
马弓战虎牢,温酒斩华雄。
难为护二嫂,屈就汉寿亭。
大义封金印,破关千里行。
江火烧赤壁,何缘放华容?
长沙收重将,襄阳取坚城。
猛水淹曹军,智勇建奇功。
重任守荆州,单刀赴江东。
可叹不联吴,终致走麦城。

[①] 当年东吴取荆州,杀关羽。为讨好曹操,将关羽之头装木盒之中送往洛阳,曹操看后予以厚葬。故今洛阳关林中的关公墓,埋葬的是关羽的头颅。

英雄一头颅,独来谢曹公。

义重名千古,谁吊白帝城。

2010年5月26日

五 言 诗

女书法家张樱馨[①]

吴越生才女，承传共侠行。
挥毫吟雅韵，舞剑忆璇卿[②]。
在世堪人轶，亡身亦鬼旌。
中华多巾帼，代代有精英。

2011年5月6日

---

① 张樱馨，原名张敬瑜，字雅韵。江苏无锡人。当代著名女书法家。
② 秋瑾（1875—1907），近代民主革命志士。字璇卿，号鉴湖女侠。祖籍浙江绍兴。

福州林则徐旧居

闽北翰书家，熔生万里骅。

风云观世界，江汉坐南衙。

肝胆涂坚骨，红心护弱华。

销烟余火在，伟烈照天涯。

2011年5月16日

闻康捷出访中东三国

一路三奇国，
千年战未涯。
欲知圈内曲，
犹解万团麻。

2011年8月18日

营口辽河大桥

辽河入海潮,
飞落一虹桥。
世纪多荣辱,
凭栏看浪漂。

2013年5月6日

初至祖籍河北滦南县曹岭村

问祖滦南境,亲情自豁然。
百年思觅处,转瞬在身前。
城镇繁华景,渔村少变迁。
欣然逢族辈,相语探宗渊。

2013年6月28日

槐缘心曲

题朝阳古生物化石博物馆[①]

身入古生廛,恍如梦史前。
耳闻龙亢啸,步跨亿遑年。
花祖初开地,禽宗展翅天。
曾经繁世界,今日美园田。

2013 年 7 月 10 日

[①] 朝阳古生物化石博物馆,是在晚侏罗纪至早白垩纪化石产地原址上修建的。其土层切面,每跨下一步,其地质构成时间就早 1000 万年以上,最底部的化石距今约 1.4 亿年。

朝阳双塔

千年双塔秀，
佛骨寄宫深。
精缮重存古，
知情暖众心。

2013年7月10日

阜新天水谷温泉浴后

初尝天水谷，泉国又奇葩。
喷沥如甘露，轻游胜敏蛙。
偶为祛冷阻，常浸解酸麻。
忘却华清事，瑶池在此家。

2013年7月11日

题大连南山居

南山居处好,灵巧淡清何?
野树岗头密,庭花径畔罗。
夏蝉常悦耳,冬雪未盈坡。
不羡豪门阔,家和兴趣多。

2013年8月3日

伤困于家

去岁肢筋损,
今朝肋骨伤。
皆因心未老,
一任少年狂。

2013年8月6日

赠儿时同学刘文进（二首）

之一

少小别君焉，重逢已暮年。
愉情谈旧趣，细语话当前。
不羡功名赫，孜求艺术鲜。
人生无大憾，白发也怡然。

之二

纤纤文处子，万里画中行。
浪迹长髯蓄，山河一世情。

2015年8月15日

秋日闲居

窗外小山橙，
秋阳正爽晴。
床沾罗汉列，
相伴品茶茗。

2015年10月

注：夫人瑞芳在室内窗下置一床，类似罗汉床，上置小桌，我夫妻常临窗品茗。

幼 儿 园

幼园临户下,
时送稚声圆。
感慨遥相望,
匆匆已暮年。

2015年10月

无锡晨雾

黄昏居凯燕[①],
楼峻百来弓。
晨起卷帘看,
窗含密雾中。

2015年11月5日

---

① 凯燕,无锡市的一家旅馆。

海南岛抒怀

南海生仙岛，山原尽绿茵。

沙滩承日浴，碧落挂云鳞。

每饭鲜鱼菜，终年四季春。

清新空气好，最益寿长人。

2016年1月16日

丙申中秋之夜

中秋月在空，
二号射天宫。
逗起嫦娥笑，
天宫伴月宫。

2016年9月15日

读《容斋随笔》之牛米[①]

燕牛取命刀，

税重八分高。

农户千年赋，

而今一令淘。

2016年10月

---

① 所读《容斋随笔》为北京燕山出版社1997年版。牛米：燕国慕容垭把牛租给农民种地，其租税高达十分之八。堪称高税之最。中国历史上各个朝代土地牲畜租税之重，一直是套在农民头上的沉重枷锁。经中华人民共和国全国人民代表大会常务委员会决定，自2006年1月1日起废止农业税。至此，在中国土地上延续二千多年的农业赋税被彻底取消。

大连梧桐

梧桐排路树,飒爽站街边。
阔叶遮阳密,清风绕树旋。
阴凉常聚友,适热可听蝉。
游客时相问,何人种某年?

2016年11月

三国人物

曹　操

童年偏教正，恣意舞刀弓。
覆穴求完卵，亡朝育烈雄。
悲来怜白骨[①]，性起杀朋翁。
武统长江北，文冠汉末风。

2016年11月

[①]《蒿里行》中有"白骨露于野，千里无鸡鸣"句。

南 山 秋

南山沐艳阳,
天旷未来霜。
午受微风暖,
晨沾绿叶凉。

2016年11月12日

丙申腊八记（二首）

之一

五谷杂粮粥，闻香八宝稠。
虔诚先祭祖，心净祝丰收。
吴越迎春意，关东度冷流。
千年中华结，喜庆遍神州。

之二

腊八循常礼，欲尝宝粥稀。
厨房忙备料，方见谷粱微。
车驾来餐馆，锅盆粥早违。
徘徊经几处，空腹怅然归。

2017年1月7日

元宵节南山小区漫步

信步楼前径，寒枝杖外伸。

墙根存白雪，坡上见柴榛。

十五人怀月，元宵雁向春。

时来新雨后，花悦百家晨。

2017年2月9日

为四弟乔迁新居感言

盛世人如蚁，田园异处求？
武陵当效迹，欣购底层楼。
窗外三方土，花开一面秋。
虽无南岭碧，观景亦神悠。

2017年2月12日

观 雪

年前不见雪,
春早雪鳞鳞。
观雪城中客,
寒乡盼雪人。

2017年2月22日

沈阳中山公园即景

带孙

林边九尺坪，
鸽逗小顽萌。
阿姥随孙后，
殷殷挚爱情。

2017年3月5日

词

忆秦娥·悬空寺感吟

  飞檐峙,悬崖腋半金鹏翅,金鹏翅。佛家绝唱,神工天赐。

  红尘阅尽平生事,酬家报国男儿志,男儿志。天涯咫尺,但求心至。

2010 年 5 月 20 日

渔家傲·闽赣行

　　一路西行浓林幔，山高洞密连成线。瑞府龙岩兴国县，云烟散，井冈圣地红旗现。

　　革命当年烽烟灿，枪林弹雨冲霄汉。千百红军难回半，君不见，英雄热血江山换。

2011年5月19日

鹊踏枝（蝶恋花）·七夕感怀

逸望窗南幽梦月，云淡风轻，暗影交明灭。依旧汉河波冷冽，堪怜众鹊精诚血。

自古真情伤又别，天上人间，无奈双飞蝶。千载流传多泣悦，年年却寄心头页。

2013年8月13日

满江红·旅顺口感怀

　　一臂伸开,回眸处,虎湾深岸。关北海,壮威良港,镇弥天半。几许强梁欺弱国,千重利炮滨城乱。众人盼,还我旧河山,声声唤!

　　东方亮,红旗展,雄狮醒,冲霄汉。看巍关满目,铁城钢锻。制海强空神意远,防倭敌祸逍遥战。斯梦圆,偿得百年情,千年愿!

2013年8月29日

水调歌头·缅怀田家英

  幼年萌立志,欲尽世间书。笔端常系家国,聪颖异童殊。忘我追寻真理,延水河边如愿,革命是归途。峥嵘血拼汉,喜泣一笺书。

  命合乎?心同向?唯嗟乎!伟人侧畔,谈笑指点浴红炉。心底金言直谏,阴处鼠蛇惧妒。此际待何如?肝胆忠贞士,天地一明珠!

2016年1月28日

长相思·纪念红军长征胜利八十周年

足踏蒿，血沃蒿，悲壮长征万里迢，丹心不动摇。
战旗飘，万年飘，十亿神州同自豪，梦追新目标。

2016年10月

蝶恋花·落花新曲

靓丽鲜华难待久,昨夜风稠,拂绿池边柳。玉面香身随泥走,空留残梦悲阑宿。

忽望园庭芳卉旧,笑对天时,休怨春霖陡。为育嫩枝同聚首,明年又酿千花酒。

2016年5月1日

念奴娇·有感"一带一路"

驼铃古道,任黄沙掩去,千年唐宋。铁骑踏平羌笛冷,断却天朝仪贡。强掳艨艟,豺狼当道,海陆烽烟重。可怜明月,空随山水相共。

贫弱百病神州,几多志士,喋血兴华梦。世纪惊雷狮猛醒,一柱举天成栋。唯我中华,强而不霸,路带方舟众。共赢同命,换来千国称颂。

2017年5月13日

忆江南·咏丁香（三首）

之一

腰条俏，风暖任轻摇。云鬟疏松光若水，骚人留恋谓吴乔。娇把秀眉描。

之二

颜如雪，枝上蝶飞忙。五瓣未尝祥瑞在，舒襟纤影缀缘长。好花自留芳。

之三

香如带，袅袅入胸来。风雅无须高壮比，清新不逊院中槐。长夜绕楼台。

2017年5月

长相思·母亲节感怀

你也思，我也思，相顾苍颜少黑丝。难能奉妣慈。
喜成诗，泪成诗，各有心头亲母诗。动情佳节时。

2017年5月

1999年夏同母亲在大连人民广场

沁园春·初访延安

　　群厦穿空,远去长街,似水车流。觅烈烟昔日,鲜痕少迹,漫山黄土,绿叶如绸。男系新装,女呈靓丽,市景行人各自由。这图画,恰繁华世界,得意神州。

　　嗟乎岁月悠悠,忆往日峥嵘壮烈秋。看延河宝塔,一新风采,枣园杨岭,千旅神游。拜谒堂台,如闻七大,革命传承凝志酬。学先辈,为江山永固,再挂吴钩!

2017年5月25日

2017年5月于延安革命纪念馆

踏莎行·谒山西洪洞县大槐树

　　晋水[①]新荷，洪洞故道。贴名酒肆[②]熏风早。小城郊外净无尘，长街碧透曦光好。

　　问祖寻宗，槐根古庙。人流接踵香烟绕。胞情岂计万千程，归心四海声波浩。

2017年5月28日

---

　　① 晋水，指山西省重要河流汾河。汾河流经洪洞县城段，水面荷叶连绵，前后不见首尾，空气清新，景致优美。

　　② 贴名酒肆，指大槐树景区附近的"大槐树民俗饭店"。

2017年5月于山西洪洞大槐树景区同千年槐根合影

忆秦娥·沈阳秋晨

　　凌晨冽,朦胧睡看楼头月。楼头月,薄烟轻袅,路灯明灭。

　　长街雾罩灰如铁,的哥的姐辛劳切。辛劳切,成龙望子,几番心血!

2017年9月6日

江城子·悼苏轼

　　蓦然回首鬓毛霜，志何煌，付蛮荒。海角天涯，谁与话秋光？花甲忽闻朝赦令，深暑重，叹归伤。

　　忠魂难遏梦还乡，赋周郎，拜长江。明月青天，放眼尽苍凉。彩笔春秋传后世，千古祭，泪沾裳。

2017年9月18日

长相思·悼金庸

不识君，又识君。长卷如餐字字亲。犹藏赠墨珍。
誉由人，毁由人。鹤驾随风飘碧云。但将豪气存。

2018年10月31日

注：金庸先生生前曾为辽宁师范大学名誉教授。2009年年初，辽师大校长曲庆彪去香港看望金庸先生，顺便转赠了我的一本诗集，其中有一首《念奴娇·读金庸先生书》。老先生兴之所至，当即为我题字一幅，由曲校长带回。如今老先生仙逝，此字幅亦成永久留念。

词

一代宗師俠骨

甚之欽服

欽錄樹槐先生"余奴嬌"詞句

楊樹槐先生 諸指教

金庸敬書 二〇〇九、六、

新诗

长白桥下

因为有桥下这湾小河

岸边楼盘销售得又快又多

清晨卷帘傍晚散步

河景带给人们那么多快乐

第一个冬天寒风吹过

河水静静地封冻

一对新婚的夫妻

在冰面的雪上画了一颗大大的心

第二年的冬天又到了

我真想再看到去年的景色

但是整整一个严冬

小河依然缓缓流过

不知是谁给河水注入了什么

使它再也无法结冰封河

只剩一湾深绿色的浑水

用忧伤的眼睛仰望着日出日落

春风已几次吹过河面

上游的激流很快会带走这污浊

我的心却很纠结

因为污水的前方是更宽的河

2014年冬

高　塔

曼哈顿的双子塔

在燃油的烈火中

轰然倒下

十几年过去了

无数栋高过双塔的

摩天大厦

又在澳非欧亚

耸入云涯

因为更多的人相信

"有幸"被飞机光顾的

不会是每年每月

每户每家

2015年9月

槐 花

你曾在枝头上闪光
你曾在熏风里飘香
你曾被群蜂采集
酿成甜蜜的营养
但你终归会凋落
铺一层乳白在大地上
又随着空气和雨水
逐渐地埋入土壤
你并没有因此而悲伤
因为你深深地懂得
曾经存在的价值和分量
还有明年的又一次辉煌

2015年11月

散文

散 文

由福建土楼想到的

几乎所有去过福建土楼的人，无不被那一片世界建筑史上的奇葩所震惊。人们赞叹它的建筑者们的奇思妙想，更佩服它经历数百年风雨而屹立不颓。

据说这里的先人每建一座土楼都要耗时十五到二十年。当时所用的建筑材料，并非有什么奇特之处，不过是黄土（生土）、稻草和沙石的混合物。但是正是这几样极其普通的建筑材料，经过建筑者们坚韧不拔的劳动付出，竟然变得牢不可摧。原来，当初这些土楼的建筑者，是将这几样建筑材料的混合物，放入建筑土楼围墙的夹板中间，然后由一些壮汉将其反复夯实，而且每夯实一层，都要停放三个月，使其进一步沉实，然后再添加并夯实第二层，一直到整个围墙全部建好。这样一种施工过程，其耗时费力是可想而知

槐缘心曲

2011年5月参观福建土楼

的。也正应为如此,几百年后的我们,才有机会去欣赏这些奇特土楼的迷人风采。

由此我联想到我们近些年来的建筑业中存在的现象,有的真是有些不堪回首。不要说"这里楼倒了""那里桥塌了"的现象不时发生,就是没倒没塌的近期建筑,也经常被无端地扒掉。仅以东北某大城市为例,改革开放以来的建筑物,就有不少被拆毁、扒掉。这些建筑的寿命,短则十几年,多则二三十年。更有甚者,有的居民楼从建成到拆毁还不足十年。笔者的一个亲属刚迁到一座新楼不久,又说要搬家。原来这座只有九年房龄的居民楼也被划入拆迁之列。难道这些建筑真的不可留？真的那么影响"城市的形象"吗？假如真是这样，那么当初的设计者、建设者和决策者，应对此负什么责任呢？

我国是一个地广人多而物质资源又相对贫乏的国家，我们给自己的定位始终是一个发展中国家、第三世界国家。我们经受不起随意浪费，更不用说是惊人的浪费。我在欧洲看到许多不很起眼的街道和房屋，小巷两旁就是一排排两层或三层的小楼房。可是它们的寿命很多都在两百年以上，包括我们所信奉的马克思主义的创始人的住宅。这些几百年的平民住宅，还在住人，还在使用，甚至还在供我们参观浏览。这里可以算一笔非常简单的账。假定欧洲这些普通民房的使用寿命是两百年，而我国近几十年相当数量的建筑物寿命为四十年（就前面的例子而言，四十年已经是多算了），那么在两百年的周期内，我们的建筑将拆迁五个轮回。

十几年前，我听说洛杉矶市的城建局有四百余人，当时我很惊讶。我国的某些政府机构已经够臃肿了，可是一个市的城建局好像也没有这么多人。后来一打听，原来他们局90%以上都是工程技术人员。该市的每一处较大规模的建筑，从设计到材料，到施工，各个方面，各个环节，都有城建局的人员到场、认定和签字。将来任何地方出了毛病，板子都会准确地打在责任人身上，都会有人承担法律责任。所以说，人多人少不在形式，而在于要人人有事，事事有责。如果我们的每一处建筑出了质量问题，或者不该拆除的建筑被强行拆除了，都会有明确的责任者被追究，那么我国那些短命的建筑，会不会越来越少呢？

2011年9月

散　文

台湾纪行

2013年11月下旬，我随辽宁省海外经济合作促进会参访团，对祖国宝岛台湾进行了为期八天的参观考察。时间虽短却给全团人员留下了深刻印象。

一、文明可学

体现在台湾普通民众中的社会公德和社会文明，使初到台湾的大陆人深受感动，也很值得大陆民众学习借鉴。

首先是各类服务业人员热情有礼，服务细致周到。不管是机场、饭店，还是旅馆、超市，服务人员对顾客都是笑脸相迎，对顾客的询问总是不厌其烦地回答。问路找房间，他们积极引导；上下楼梯，他们不断提示不要滑倒碰撞，有的甚至送上电梯，还要深深地鞠躬。包括一些较高级别的管理人员，也大多亲到服务一线，而且都谦恭有礼。很少看到有衣帽取人或态度冷淡的现象。

第二是环境整洁卫生。特别是以台北为代表的北部地区，大城小镇都是街道整洁、环境优美。台北全市没有垃圾箱。所有垃圾一律分类装袋并随时运走。据说从小学生开始，老师就教他们如何将垃圾分类。走在街上，看不到行人或出租车司机乱扔杂物。几乎所有公共厕所都保持洁净无味。特别值得称赞的是，他们把许多比较陈旧的建筑收拾得很干净，给人一种节俭质朴的美感。

第三是行车文明。司机们自觉按章行车，很少有互相抢道、违章行车的现象。更有一项规定：全台湾汽车不许鸣喇叭，而且得到了所有司机的自觉遵守。

第四是义工现象。义工，相当于我们大陆的志愿者，有以下几个特点：一是台湾义工人数众多，无处不在。虽然尚不知道台湾义工总数到底有多少，但是整个台湾，不管是"故宫"、寺院、台北中山纪念馆、101大厦，还是机场、车站、阿里山、日月潭，到处都能看到他们的身影。二是不分老少。年长者七八十

2013年11月于台湾日月潭湖心岛

岁，年幼的十几岁，可以说是老中青皆有。据说在台湾大、中学校，当义工从事社会服务是学生的必修课。每名学生每个学期至少要做满八个小时的义工。三是自愿奉献，心态平和。从许多义工身上，都能感觉到他们完全是自觉自愿来做义工。他们不宣扬，不作秀，在尽心尽力工作的同时，默默地享受着施与他人的那一种幸福。

以上只是在走马观花中看到的点滴现象，但已足以引起我们的深入思考。

二、景色优美

这次去台湾,只是沿西海岸参观了若干景点。仅是如此,已使人深感宝岛美景名不虚传。

首先是自然景观美不胜收。最北面一景是位于基隆境内的野柳地质公园。那是一个狭长的海岬角。海岸上布满一群群、一簇簇形状各异的风化岩石。那是由埋藏地下的古生物体形成的沉积岩,经常年的海蚀风化,造就出了千奇百怪的形状。有的像器物,有的像鸟兽,最令人惊叹的一块岩石,非常逼真地如一尊女王头像。而更多的则像一簇簇柔嫩鲜活的蘑菇,让人觉得可以随手摘回家去炖鸡。

台湾中部的日月潭,是台湾最大的天然湖,也是台湾最著名的景区之一。多少年我熟记着一句歌词"日月潭碧波在我心中荡漾",现在置身湖上,眼前是群山环绕,绿树成林,碧波明亮,游船点点,真使人心旷神怡、激动不已。登上湖心岛,更觉空气清新,视野开阔,山青水绿,一碧万顷。原来这小岛把湖水分为两半,北半像圆圆的太阳,故称日潭,南半如弯弯的月亮,故称月潭,这也是日月潭名称的起因。

台湾南部最著名的自然景观当属垦丁公园。那是一个叫作恒春的小半岛。垦丁的名字据说是清同治年间，从大陆过来一批壮丁到台湾南部开垦，故被后人称为垦丁。这里东临太平洋，西靠台湾海峡，南望巴士海峡。这个小半岛的最南端，可能是根据其地形地貌而取名为鹅銮鼻。我站在海边木制的栈台上，向东南大海中眺望，回想七十多年前太平洋上的海空大战，真使人感慨万千。这里植物繁多，垦丁属热带气候，植物繁盛，多达两千两百多个品种。从停车场到鹅銮鼻栈台，要步行一条一公里多长的弯曲小径，两边乔木灌木混生，就像两道围墙，说不出名的花草树木，对游人夹道相迎。这里风大，被当地人称为"落山风"的冬季季风，是垦丁特有的天气现象。每年十月至第二年三月，冬季冷风团沿中央山脉南下，吹到恒春半岛时，风力突然加大，几若台风。我们是十一月下旬到此，首次尝到了落山风的味道，真的要手捂帽子，屈腿弓腰与强风对抗。那里的草木令人佩服。所有的树都被吹弯了腰，但未能阻止它们顽强地生长；那些细如牛毛的长草，被风吹得紧贴着地面，像梳子梳过的长发一样。它们把根牢牢地抓在地上，身体铺成了一片绿色的地毯，让人真实地感受到了"疾风知劲草"这句话的意境。还有一点是浪白。垦丁的北侧是一面高高的悬崖，海浪拍岸，再现了"卷起千堆雪"的壮丽景象。

　　台湾的人文景观，同她四百多年的近代发展史息息相关。从明朝中期开始大陆移民和原住民一起开发台湾，他们主要从事农耕和海上贸易，因此期盼岛上风调雨顺，海上风平浪静。他们所能依赖的就是神灵保佑。被视为海上救难圣母的妈祖神，在台湾为其供奉的庙宇多达四百余处。其中彰化鹿港的天后宫、台南市的大天后宫、云林北港朝天宫和嘉义新港奉天宫，被并称为台湾四大妈祖庙。台南市大天后宫，始建于明末清初郑氏政权时期，清康熙二十三年（公元1684年）改名为天后宫，是台湾第一座官建妈祖庙。庙中雕塑多出自名匠之手，古匾、古联之珍贵、丰厚，更是其他庙宇所难比。台湾佛光山，是台湾最宏大的一座佛教建筑群，位于高雄市郊区。其建筑特点是古今结合、中西结合，各取其优。所有殿廊、门窗、宝塔、佛像，不但宏伟壮观，而且制作精美，无与伦比，足见其住持星云大师的高瞻远瞩。

位于台南市区的安平古堡（原名热兰遮城）和赤崁楼，是1624年荷兰人侵占台湾之后修建的两座城堡，经过三百多年历史风云，早已远非原貌。现在的建筑，多为后人重修，但从保留下来的一段城墙、几块石碑以及专设的古迹纪念馆中，我们还是可以了解到侵略者的罪恶历史和我国人民反侵略斗争的壮举。台湾民众对郑成功非常崇拜和尊重。全台供奉郑成功的庙宇有五十多处。台南市的延平郡王祠，是专门祭祀郑成功的祠堂。正殿是郑成功的坐像，上悬"忠节"大字木匾。后殿设太妃祠，院庭中有一株古梅，据说是郑成功亲手所植。台南赤坎楼上有一副对联：开万古得未曾有之奇，洪荒留此山川，作遗民世界；极一生无可如何之遇，缺憾还诸天地，是创格完人。这是清末两江总督沈葆桢为纪念郑成功所题写，从中亦可看出台湾民众把郑成功誉为"开台圣王"，确非言过其实。

人文景观中比较多的是现代建筑。最吸引游客的有台北中山纪念馆、台北"故宫博物院"、士林官邸、101大厦等等。还有圆山大饭店，虽属旅馆性质，但同时也是一处相当秀美壮丽的景观。这些景观，从其名称、建筑风格到所包含的内容,处处使人感到中华民族的密不可分。

三、商机很多

台湾从二十世纪七十年代起,经过一系列经济改革,促成了全台经济的快速发展,赢得了"亚洲四小龙"之一的美称。近年来,随着两岸关系的不断改善,两岸的经济合作也进入了发展的快车道。目前,辽宁的台资企业已达三千六百多家,每年辽宁赴台和台胞赴辽的旅游人数均已分别达到二十多万人。但是同南方各省相比,还是有很大差距。今年我省的省政府工作报告提出,要大力加强同境内外的经济合作。而对台的招商引资和投资合作,应该成为其中的一个重要方面。

目前,台湾的经济转型和企业升级的确是缓慢了一些,但前几十年经济发展的基础还在,特别是在信息产业技术方面、工商企业管理水平方面、远洋运输和渔业方面以及服务业的服务质量方面等等,都与辽宁有很强的互补性,因此也就有了很多发展合作的空间。现在最主要的是加强联系,包括党际联系、民间商会联系和企业之间的联系等等，以便互相了解，增加信息量，为实现更多更大的合作提供条件。参访团这次拜会了台湾海基会经济处的一位负责人，他对辽宁有很好的印象，而且其夫人的娘家就在营口鲅鱼圈。他非常希望辽宁同台湾加强经济、文化、科技、教育等各方面的合作，并热情地表示愿意为此牵线搭桥，做出自己的贡献。在高雄，全团成员同台湾工商建设研究会（简称"建研会"）举行了一次聚会。其董事长雷祖纲及所属十七个公司的负责人出席了聚会。这个建研会是二十七年前由蒋经国一手创办的，是由台湾中生代企业家精英集结而成，是台湾四个较大工商团体之一，在台湾民生产业、制造业、建筑业和电子科技产业等十大业者中占70%的比例。该会属下共2016家企业，总产值占台湾GDP的46.8%，在台湾有很高的名望和很大的影响力。董事长雷祖纲是从事远洋运输、远洋捕捞、渔产品加工的高盈集团的总裁。雷祖纲先生十分热衷于加强两岸的经济合作，先后多次到福建、江苏、青海、黑龙江等地考察洽谈，促成了一大批两岸合作项目。雷先生诚恳地表示对辽宁经济合作的关切，向我们逐一介绍了在场的十七家企业的负责人及经营范围。因此可以说，辽、台之间商机是很多的，就看我们的工作力度了。

原载于《辽宁海外经济合作》2014年第1期

散 文

善者自在人心

我很小的时候就知道了金铎这个名字。而且，这名字在我头脑中一直留存至今。这是因为我的母亲经常对我们讲起金铎医生的故事。

1956年，我的父亲因病去世，时年只有三十九岁。母亲带着我们兄弟姐妹六人，迁回父母年轻时工作和生活过的地方——营口市。在那艰难而清贫的日子里，母亲时常对我说，你父亲能活到将近四十岁，多亏了金铎医生。

那是二十世纪三十年代中期，父亲在伪满时的营口市桃园小学教书，由于日本军国主义对我国东北地区推行奴化教育，学校的校长和部分教员都是日本人，他们对中国教员非常歧视，用残酷的所谓体育锻炼折磨中国教员，父亲原来身体就比较弱，经不起这样的折磨，二十几岁就得了严重的肺病。父亲的一些同学凑钱，让父亲住进了金铎医院，使父亲得到了很好的治疗。金铎先生既是院长又当医生。他的医院对患者非常热心，不论贫富，一视同仁。像我父亲这样的穷教员，金铎医生不仅精心地治疗，对他的饮食起居也很关心。金铎医生每天要喝两瓶牛奶，为了使父亲增加营养，他每天省出一瓶给我父亲喝，使我父亲的身体得到较快的康复。父亲出院不久，又得了严重的胃病，再一次被送到金铎医院去抢救，总算保住了性命。那一年，父亲只有二十六岁。母亲每当讲起这件事，总要对我们说："金铎医生是我们家的大恩人，你们千万不要忘记。"我一想确实是这样，如果没有金铎医生让父亲多活了十四年，我和一个妹妹、两个弟弟就不会出现在这个世界上了。母亲还对我讲，我小的时候，经常便秘，母亲抱着我去找金铎医生诊治，他以自己配制的很便宜的药粉给我服用，非常有效。母亲的这些讲述，使我从小就对金铎医生怀着深深的敬意和感恩的心理。二十世纪七十年代，我曾在营口市二院（前身是金铎医院）见过一两次金铎医生，当时找他看病的人很多，他身边围满了患者，我没有机

散　文

会，也找不到什么事由去同他攀谈，只好站在一旁深情地看着他，然后默默地离去。那时金铎医生留给我的印象是：个子不高，白白胖胖，给患者看病目不旁视，既认真又和气，带着一脸的慈祥。后来我离开营口到省城工作，一晃将近四十年，再没有机会看到金铎医生，更没有机会同他说几句话。

金铎医生

　　十几年前，母亲去世了。我和弟弟整理了一点文字怀念母亲的一生。每写到父母的过去，金铎医生给父亲治病这段情节总会自然而然地想起，更促使我特别想进一步了解一下金铎这个人。

　　几年前我退休了，有时到营口去就向亲友们打听金铎的情况，他们说金铎医生已经去世十几年了，这使我心里感到既沉重又遗憾。

　　前些天我再次回到营口，又同亲属和同事们谈起金铎医生，在他们的帮助下，先后找到了金铎医生的两个女儿金恩纯、金恩永，以及他的小儿子金恩深，还有金铎医生医界朋友的女儿金佩玉和营口市史志办的韩晓东主任。他们提供的情况，使我对金铎医生的生平和相关故事有了一个大概的了解，由此更加深了我原来对金铎医生的良好印象，并由衷地感到金铎医生真的是一位大好人、大善人。一种强烈的冲动，促使我想把自己仅知的一些关于金铎医生的故事告诉给更多的人。

金铎医生1905年12月12日出生在营口县（现大石桥市）百寨子乡高庄村一户普通农民的家中，自幼聪明好学，先在村里读了几年私塾，又在大石桥读完了高小，学习成绩一直拔尖。后在亲友的资助下，考入了当时很有名气的大连博爱医院，并以优异成绩完成了学业。毕业后先在吉林等地行医，1930年在营口市开办金铎医院，自任院长兼医师。

金铎先生似乎就是为当医生而来到这个世界的。他十几岁从医，二十五岁开办医院，在近八十年的医疗生涯中，他唯一的工作，就是为人治病、救人性命。新中国成立前他开办私人医院，虽然是院长，但从未离开过医生岗位。新中国成立后公私合营，金铎医院变成了营口市第二医院，他仍然当医生为人看病。他的小儿子金恩深（现任营口市中心医院副院长）对我说，他的父亲不吸烟、不喝酒，没有任何不良嗜好，一天到晚说的想的做的，就是为患者治病。二十世纪五十年代被错打成右派，他也没有离开医生岗位；"文化大革命"期间被造反派批斗之后，摘下挂在胸前的牌子，又坐下来给患者看病；1969年年末，他全家被下放到盖县（现盖州市）二台子农场和九寨公社插队三年多，他又在农村的卫生所里当医生。1972年夏回到营口市二院工作后，慕名而来的患者更多了，最多时一天的门诊量达到一百六十多人。他年近八十岁才退休，但仍然闲不住，不断地被一些社区卫生院请去出诊。凡他所去的诊所，患者可以说是人满为患。特别是一些婴幼儿患者的家长，都知道金铎医生医术又好，看病又耐心，听说他来了，都纷纷抱着孩子来找他看病。1992年，八十七岁的金铎医生被检查出肾脏肿瘤，经手术康复后，又继续坐诊行医五年多。1997年年初，发现肾脏肿瘤已肝转移，再次做了手术，可是到了五月份身体刚有所恢复，这位已九十二岁高龄且身患重病的金铎医生，再一次出现在诊所为患者治病，直到出现严重肾衰，才离开了诊所，11月30日，为人治病、救死扶伤一辈子的金铎医生离开了人世。我在了解这些故事的时候深深感到，一些伟人、志士常以天下兴亡为己任；而金铎医生却是以解除患者病痛、治病救人为己任，终其一生，无怨无悔。这种精神境界同样是很伟大、很高尚的。

金铎医生为人正直，爱国爱患者。他从不宣扬自己，却以其实际行动和高尚的医德，充分地体现了这些优秀的品质。二十世纪三十年代他开办医院的时候，日本军国主义在中国东北的势力已经很强，九一八事变第二天，营口市就被日军占领。当时市区东部的南满铁路医院是日本人开办的，中国人特别是中国的穷人想进这个医院是很难的，而开在市区西部的金铎医院，是唯一一家中国人开办的较大规模的医院。这所医院有几十张病床，开设内科、外科、妇科、儿科等多个科室，配备了X光机等先进设备，聘请了若干名医科大学毕业的医生作为医院的骨干，而且对中国人来看病不分穷富，来者不拒，被老百姓看成是中国患者的依靠。

散　文

　　另据营口市史志办收集的资料记载，1948年2月营口解放前夕，以师长王家善为首的营口驻军国民党暂编五十八师宣布起义，控制了营口市的东部和南部地区，于2月25日晚会同人民解放军辽南独立师，对市区西部的国民党52军前进指挥所和交警第二总队发起攻击。一些临街建筑物的争夺战十分激烈。曾有一批我军伤员被抬下火线急需抢救，指挥员正急得没法，位于伤员聚集处附近的金铎医院西门突然打开，把这批伤员抬进医院进行紧急抢救，在他们脱离生命危险之后，于第二天由解放军的军车转移走。后经有关人员回忆，金铎医生对此事是有所准备的，一是事先同起义部队的军官私下接触过，二是在战斗打响的前一天，又从外地请来了两名外科大夫，战斗结束之后，这两名外科大夫又随解放军转移伤员的军车一起走了。但金铎医生对此事从不宣扬。他对医院的员工和自己的子女总是说："他们是受伤流血的患者，我们当大夫、开医院，就是要治病救人。"

　　他的医界友人的女儿金佩玉，曾同他一起在社区医院工作过。亲眼看到过他一心为患者着想，努力为病人解除病痛的动人场面。她回忆说："营口市西部地区贫困人口相对多一些，金铎大夫对这些患者从不厌烦，以和气的语言、慈祥的面孔消除患者的紧张心理。在用药方面，金铎大夫是以治好病为前提，不是什么药贵就开什么药，而是尽量开一些既便宜又能治病的药。他自己配制了一种小儿退热药，起名'代匹散'，既便宜又有特效，特别受普通老百姓的欢迎。"她说到这里，我突然想起母亲曾经讲过的一件事，"文革"期间，金铎医生在医院门口挨批斗，一位妇女抱着孩子走到跟前，对旁边看守的造反派看也不看，指着金铎医生对自己的孩子大声说："孩子，你要记住这个人哪，你的命就是他救过来的呀！"想到这里，我由衷地发出感叹：真是人心不可欺，善者自在人心哪！

　　金铎医生热爱生活，热爱家人，豁达乐观，待人宽容。他能活到九十多岁高龄，同他一直保持着良好的心态有很大关系。他生活的道路有不少坎坷，他都能从容面对。金铎医生曾被错定为右派分子，"文革"中又遭到抄家批斗，有一个造反派甚至将他的一根手指掰折了，但事过之后，他从不发一句牢骚，没讲过任何怨言。1982年他得到平反，有的亲友劝他去举报打过他的人，他却说，在动乱的年代，难免有些人有过激行为，现在稳定了，他们会自己反省的。

他同自己的两任夫人感情都很好，当她们先后离他而去的时候，他在悲痛之余，仍然坚定地承担起抚养和教育子女的责任。他对每个子女都满怀厚爱，同时又都严格要求。金恩深对我说："父亲对子女的要求，一是要好好学习，二是要认真工作，三是要诚恳待人。特别是像我们这样行医的人家，对待患者一定要热心服务，一视同仁。"金恩深还告诉我，在父亲的指引下，他们兄弟姐妹十二人，一多半都从事医疗卫生工作，其中有五个男孩子是医科大学毕业，有两个女孩（金恩纯、金恩永）虽然未读大学，但深得父亲的真传，现仍在营口市开办儿科诊所，来看病的患儿络绎不绝。

今年是金铎医生诞辰一百一十周年，也是他逝世十八周年。此时此刻我想到，尽管我收集到的有关他的故事非常有限，但仅这一点故事，也可以展现他行医行善的一生。虽然他已离世多年，但他以高尚的医德和一生的善举，把大爱留给了人间。

原载于《营口春秋》2015年第4期

大路深情

"我爱沈大高速公路"——这样非常直白、非常普通的一句话，却是久久涌动于我心头的一种深深的情思。

我不是沈大高速公路的建设者，但我对这条大路却是感触良多。在没建成沈大高速公路之前，高速公路一词，对于大多数中国人来说都是很新鲜的。经过二十五年，中国的高速公路遍地开花，人们对在高速公路上驱车行驶，早就习以为常，但我每次通行在沈大高速公路上时，那种新鲜感、那种发自内心的激情，却总是有增无减。

记得当1990年沈大高速公路全线通车，我第一次乘车行驶在路上时，看着两侧一掠而过的树木园林、城镇乡村，那感觉就是一个快！李白在《早发白帝城》一诗中形容三峡行船之快，说是"千里江陵一日还""轻舟已过万重山"，我觉得在沈大高速公路上行车，要比那三峡中顺流而下的轻舟快得多。那公路两侧的钢板护栏我也是第一次看到，当时心里突然冒出一个想法：高速公路与传统的公路有什么不同？原来传统的公路都是把经过的城市乡村"穿"起来，而高速公路是把经过的城市乡村"挂"起来，这一字之差，是公路建设史上一个多么巨大的进步哇！所以高速公路之快，不单是因为路面宽阔平坦，更重要的是全封闭、单向行车，不受任何干扰。2004年，沈大高速公路改扩建工程完成之后，变成双向八车道。在全长347公里的路面上，每昼夜通车量可达十五万辆次以上，真不愧其"神州第一路"的美称。

  沈大高速公路的景致也有一种特殊的美。最令我心醉的是两侧浓密而精壮的护路树林，真像是一排排身躯伟岸的礼仪士兵，检阅着来往不断的车辆。特别是五月至十月之间，那树木由淡绿而翠绿再由翠绿而深绿。每看到这一片绿色，就有如一条清凉碧透的小溪，从我心头缓缓流过。听一些出国回来的人谈感受，说去了美国如做了一场梦，去了法国如读了一首诗,去了德国如看了一幅画。我也有幸去了一次欧洲,当乘车行驶在德国公路上的时候,也确实有一幅画的感觉,但更深刻的印象是绵延不断的绿色。如果说德国是一幅画,那她的主色调就是绿色,是一幅绿色的画。而我每当行驶在沈大高速公路上,总会有很自豪的感觉,我们这条公路也是一幅画,其两边的绿树之美,实在是不亚于德国。

我爱沈大高速公路,还因为我接触过一些同沈大高速公路密切相关的人。由于工作关系,我有机会了解到这些人在沈大高速公路建设中的一些故事片段,多年来留在我心中不能忘怀。

其中有一位叫孙炜士,原是辽宁省公路工程局局长,1985年任辽宁省交通厅副厅长。1986年1月兼任沈大公路改扩建工程总指挥部办公室主任。从筹建沈大高速公路第一天起,他就冲在指挥第一线,一年中有二百多天吃住在工棚。他把建设沈大高速公路视为自己的神圣职责,工程质量容不得一点马虎。他说:"这条路是留给子孙后代的,粗制滥造就是犯罪。"后来,他身患癌症。他对妻子说:"我真喜欢这条路,如果修不完这条路我就死了的话,把我埋在沈大路上,头朝路的终点大连。"老天有眼，终于让孙炜士看到了沈大高速公路全线通车的那一天，让他看到了自己和同志们付出心血成就的出色业绩。他被省政府授予"筑路功臣"荣誉称号，被交通部命名为全国交通系统劳动模范，并获国家科技进步一等奖。1993年3月，孙炜士同志逝世，然而在我心中，沈大高速公路将永远同孙炜士的名字连在一起。

还有许许多多沈大高速公路的建设者，我说不出他们的名字，但我认为他们和孙炜士同志一样，都是筑路功臣。每当行驶在沈大路上，我总觉得他们就像一块块鲜明的里程牌，挺立在路中间的隔离带旁，给人们指路，受人们敬仰。

我爱沈大高速公路，还有一点特殊性，就是它同我的生活有着诸多的联系。多年来，我深切地感到这条路使我获益匪浅。

我工作在沈阳，老家在营口，儿子一家住在大连。由沈大高速公路连接起来的"三点一线"，成为我几十年生活经历的见证者。母亲在世时，我们每年都要回营口几次看望她，尤其是每年春节，回家看望母亲是必不可少的日程。母亲一接到电话，就会计算出我们的行程，两个多小时，我们母子就见面了，老人家每在这个时候，总是要念叨几句，高速公路真快，真好！她内心一定是很感谢这条公路使她多了几次见儿子的机会。有时，我接她到沈阳来住，她坐在车里欣喜地观赏着车窗外的景致，八十几岁的高龄，竟然毫无疲倦的感觉。母亲晚年更加热爱生活，我觉得，说沈大高速公路也是促使她热爱生活的一部分，一点都不过分。母亲逝世后，骨灰葬在沈大高速公路中段沙岗子站东侧的龙凤山公墓。这处墓地风景极好，晴天里从半山坡向西望去，一马平川直到渤海海边。中间横穿一条沈大高速公路，犹如一条人体的大动脉流动在辽南大地上。除了母亲之外，在龙凤山公墓里，还埋葬着我的祖父母、父亲、岳父岳母、亡妻、姐姐等亲人的骨灰。我在沈大高速公路上行驶的时候，每次途经沙岗站，都会远望龙凤山，深深地怀念逝去的亲人。遇上纪念日，从高速公路口上山去祭奠也是极为方便。

我是六十岁才开始学开汽车的，现在七十岁出头了，对开车的兴趣丝毫没有减弱，特别是退休之后，每当行驶在沈大高速公路上，那种愉悦的心情真的是难以表达。有的亲友说,你这么频繁地往来于沈大高速公路,要花多少路费呀?我心里想,我爱这条路,就是再多交一些路费,也是值得的呀,也是对它的一点贡献哪!

原载于《辽海散文》2015年第9期

渔村童年

一

每个人都有对自己童年的记忆。我一向认为，自己的童年属于一个名叫二界沟的渔村。那段时光大约是在1950年至1956年之间，也就是我六岁到十二岁的时候。我童年时的痛苦和欢乐，大多都集中在这段时间里。许多往事常常会突然浮现在眼前，使我激动不已。

我能在二界沟村生活六年，说来颇有渊源。该渔村位于营口市的大辽河口和盘锦市的双台河口之间的海边，可能是因为村西头有一条通向渤海的潮沟而取了这个地名吧。听老人们说，这个渔村，至少有一百多年的历史。当年河北省滦南县南部沿海的一些渔民为寻找新的渔场，闯关东来到这里，凭他们的勤劳智慧和对渔业生产的熟知，在这里建码头、造渔船、开网铺，开始了下海捕鱼和海产品加工等渔业生活。随着迁移的人越来越多，一部分人开始在这里定居，还有一部分人仍然固守着春来冬去的流动式生活。近年来有民俗学家把这种流动的渔人生活称为"渔雁"文化，而把二界沟视为"古渔雁"文化的活化石。

我的祖父就是从滦南县迁移到二界沟下海捕鱼的人中的一员。经过若干年风里浪里的拼搏，积攒了一份家业，与人合伙购置了渔船渔网，开了网铺，并在距离二界沟三十里的田庄台镇买了住房，娶妻生子，过上了小康生活。有了这个条件，我的父亲才有机会读书。大约在二十世纪三十年代中期，父亲从伪满时的"营口市国民高等师范学校"毕业，在营口市桃园小学教书。由于祖父没有文化，在网铺经营中上当受骗，财产大部分损失掉了。祖父因此得了重病，在父亲尚未毕业时，祖父母就相继去世了。年轻的父母就依靠父亲当小学教员微薄的薪水维持生活。随着日本军国主义对我国东北地区奴化教育的加深，父亲所在学校的中国教员也备受欺凌，大冬天这些教员要穿短

槐缘心曲

二界沟渔港

裤进行野蛮训练。父亲本来身体较弱，经不起这样折腾，不久就得了严重的肺病。多亏母亲当卖了仅有的一点家产，全力为父亲求医治病，才将父亲的生命挽救回来。父亲病愈后，不能继续教书，又不愿在伪满时的衙门里混差事，最后又回到二界沟，在一家网铺里当会计。我们一家也搬到田庄台的两间老房里居住，我和妹妹也因此在田庄台镇出生。由于网铺的私人业主经常拖欠工友们的工资，我家的生活也相当困难。直到解放了，"土改"了，我家被划为贫农，还在田庄台附近的小西庄分得了两亩七分菜地，父亲被拖欠的工资也得以补发，我们的日子才好过起来。母亲看到孩子们都小，又不会种地，就把分得的土地还给了政府，带着我们迁到二界沟，同父亲住在一起。这一年我六岁。

二

我记事较晚，六岁以前的事几乎没有什么记忆，只记得母亲曾领着我去看过我家的菜地，当时是初春季节，地里还什么植物都没有。但是搬到二界沟之后，我好像一下子聪明起来，许多事物都能引起我极大的兴趣，并留下了深刻的记忆。比如村西头那条潮沟，其实就是一个沟汊子形成的港湾，全长不过几里。落潮时露出一条淤泥夹流的水沟，涨潮时水沟被海水填满，连同对岸的滩涂一起，变成一片汪洋。渔船都是在涨满潮的时候进港和出港。每当傍晚渔船回港时，码头上顿时热闹非凡，妇女们站在岸边，望着出海一天平安归来的丈夫，满脸是欣喜的笑容。孩子们互相追逐玩耍，围着干活的大人们跑前跑后。当时二界沟大约有十多家网铺，每家网铺有三五条或七八条船不等，全村至少有一百条渔船，虽然大都是吨位不大的木帆船，但百十条渔船回港，排列在沟边一个个码头上，那景象也是十分壮观的。那些年，海里好像有捞不尽的鱼虾，每条船的两舷，甚至船头船尾，都排满了装满鱼虾的大抬筐。男人们顾不上理会女人和孩子，他们每两人合抬一个或两个大筐，喊着号子把海货抬向各自网铺的虾房。这时，天慢慢黑下来，码头也渐渐恢复了平静，但是虾房那里又热闹起来。

虾房一般是七八间一排的平房，里面除了必要的房柱，几乎没有间壁，通屋排开十几座大锅台，每座锅台上安着一口一米多口径的大铁锅，当然是用来煮虾的。这里的渔民有极好的海产品加工手段，很原始，很简单，但是很适用。二界沟近海的海产品主要是毛虾，此外还有青虾、对虾、海蟹、海蜇、梭鱼、鲈鱼、文蛤等等，但毛虾的产量要占90%以上。渔民们把一筐筐海货抬回来，首先放在虾房前的大货板上进行初选。那货板是由很厚的木板铺成的几十平方米大的平台，渔民们把海货倒在货板上，用大眼儿的筛子把混杂在毛虾里的海蟹、章鱼、虾爬子等大一些的海货筛出来，然后把毛虾投入虾房的大锅中用盐水去煮，当地人称之为"炸货"。当时二界沟还没有电灯，长长的虾房里面，并排悬挂着五六盏大汽灯，照得满屋通明瓦亮，如同白昼。灶膛里柴火烧得正旺，屋内热气蒸腾，渔民们挥汗如雨却满脸喜气。他们把炸好的毛虾捞进一只只带横梁的柳条篮子里，顺着两根并排在锅台后墙洞里的竹竿滑进虾房的后屋。后屋就是一排偏厦，里面用竹竿搭成架子，盛满毛虾的篮子整齐地摆在上面，用一夜的时间控出里面的水分。第二天清晨天蒙蒙亮，渔民们就起来把毛虾挑到虾场去晾晒。因为二界沟是退海的盐碱地，渔民们经过铲平、浇水、碾压等过程，修造成一块块光滑如镜的虾场，就如同农村的打谷场一样，四周还挖出一圈排水沟。每个虾场约有几百平方米大。渔民们把毛虾薄薄地均匀地摊撒在虾场上晾晒一整天，到傍晚，将满场毛虾像冬天扫雪一样堆在一起，然后用筛子顺风筛选。这时的筛子要比生鱼虾初选时筛眼儿密一些，但所有毛虾都能漏下去，而比毛虾大一些的杂鱼杂物就都留在筛子里了。这样，好的毛虾都堆落在脚下，而虾糠虾毛等就会随风飘去，如同农民扬场一样。接着开始打包，把筛好扬净的毛虾用一丈见方的苇席卷起来，一面包装，一面用一根光滑的木板拍打，最后打成一个个圆柱形结结实实的虾包，用麻袋线缝合，准备运往外地销售。这样制成的毛虾成品，个个洁白、干净、透亮，让人看一眼就垂涎欲滴。更令人叹服的是，这种说干又不特别干，说湿又不很湿的毛虾，可以保持很长时间不变色、不变味，新鲜味美。

  我小时候特别喜欢同大人们一起干这些炸货、晾货、筛虾的活儿，但炸货是重活儿，又有被烧着、烫着的危险，大人是不允许孩子们干的。我只能在虾房里看大人们炸货，常常一看就是一个多小时。第二天清晨，又早早地起来去担虾篮。用一根两头带钩的竹扁担，挑两只虾篮，十一二岁的男孩就挑得动。大人们却是一人挑上六只虾篮还走得飞快。毛虾在晾晒过程中还要用竹扫帚翻腾几遍，我也很快学会了这种技能，拿起一把扫帚，跟在一列大人的队伍里，以一样的姿势翻晒毛虾，心里那种美滋滋的感觉就别提了！记得是1954年之后，村里开始合作化，先是成立互助组，以后是初级社，到1955年冬，全二界沟组建了一个统一的高级渔业生产合作社。我不上学的时候，常常到虾场去看护，见到有些孩子越过排水沟来拿社里的鱼虾，就把他们赶走。当时并不懂得"爱社如家"这个词，但不知不觉中，真的是把社里的财产当作自己家里的一样来保护。

三

二界沟是一处退海的盐碱地。西南北三面是海和海滩，往东十里之内，没有任何农作物。俗话说靠山吃山，靠海吃海。生活在二界沟的几百户人家，除了鱼虾等海产品外，想吃到蔬菜就比较困难。当时交通不便，信息闭塞，村里的孩子几乎都没有见到过汽车。远处农村的菜农往往要挑着一担菜步行十几里路到村里来卖。遇上雨天，菜农就不出来了。好在吃海物吃习惯了，几天没有青菜也过得惯。要说二界沟的海货，那真是天下难有与之匹敌的海鲜美味。这些海味生活在浅海泥滩的大陆架，故肉质鲜嫩，不像生活在岩石沙滩的海洋生物，以贝类居多，肉质往往偏硬一些。二界沟每到春天一破冰开海，首先上市的是顶凌梭鱼，小梭鱼有半尺多长，用盐稍腌一下，就可以做油煎小梭鱼了；大梭鱼有的重达五六斤，收拾干净后可以切成一段段的做家常炖鱼。与梭鱼差不多时间出海的是青虾和红虾，其长度在毛虾和对虾之间，一般为十厘米左右，当地居民有的爱吃活虾，鲜美中还略带甜味，就如当地的顺口溜说的，"生吃螃蟹活吃虾，半生不熟吃八大"。"八大"就是章鱼，因其生有八只长长的细腿，所以也被称为"八大鱼"。多数人还是把青虾、红虾腌起来吃，或制成海米，远销外地。每年"五一"前后，是捕捞海蟹和虾爬子的季节，这时是一年中海蟹最肥的时候。海蟹也叫梭子蟹，因其蟹盖两头尖尖，中间椭圆，很像一枚织布的梭子。有的海蟹一个重达一斤左右。煮熟的大海蟹，红色的蟹黄顶盖肥，蟹肉洁白而鲜嫩，小孩子吃上一只大蟹就饱饱的了。每年"十一"前后也有海蟹，但那时的海蟹开始产卵了，母蟹的脐子里面挂满了像小米粒一样的蟹卵，极像一团团金色的大绒球。那时的蟹子里面就有些空了，蟹肉也没有春天时鲜美。虾爬子在当地不算上等海鲜，几角钱就可以买一大堆。现在可不得了啦，一斤虾爬子要卖几十块钱。其他海货除了冬季封河以外，几乎长年都有生产。其中毛虾是主打产品，几乎伴随我们的一日三餐。内地人常说小葱拌豆腐一青二白，在二界沟吃小葱拌豆腐，总要加上一把虾皮（毛虾），更平添了一份鲜美的味道！二界沟还有一味被称为"天下第一鲜"的海产品——文蛤，其壳坚硬光滑，还布满美丽的花纹，其肉白嫩柔软，鲜不可当。有一种吃法叫作汽锅蒸文蛤，即不加任何作料，只放少许盐，在汽锅里蒸熟即食，可尽情品尝原汁原味的文蛤之鲜。如用蛤肉炒大葱，叫作葱爆文蛤，味道极好。将蛤肉剁碎，同韭菜、鸡蛋拌成三鲜馅儿包饺子，其味道之鲜美，会令人终生难忘。文蛤产于二界沟附近的浅海泥滩中，当地人把那里叫作蛤蜊岗子，实际就是一大片浅滩。涨潮时，水深数米，落潮时，水浅刚覆脚面，人们都是用脚去踩泥滩，一触到蛤蜊，就用一个特制的小铁钩把它挖出来，所以当地人把这项劳动叫作"踩蛤子"或是"挖蛤子"。我在二界沟生活的时候，因为年龄小，妈妈不让我随船出海，因而也没去过蛤蜊岗子。五十年后，我和省里一些同事去盘锦，市里几位同志陪我们去了一次蛤蜊岗子，虽说是故地，却不是重游，而是第一次见到。我们乘船走了十几公里远，因海水渐浅，船不能行，我们即离船下海。初时海水可没膝盖，逐渐浅至小腿，之后又仅没于脚踝。远远望去，这一群人如同在大海中行走一样。每人一踩到文蛤，就高兴得大呼小叫，互告收获。身处此境，使我即兴一首七绝《记盘锦走海》："平滩浩海落群鸥，笑语欢声逐浪流。忘却人间千古事，足扪丽蛤唤同俦。"

二界沟好吃的海货可以说是数不胜数。我记得有一种叫"鱼肉"的海鲜，是我最爱吃、最难忘的。其实就是渔民在虾场筛毛虾时，剩在筛子里的小杂鱼。别看它是毛虾的副产品、下脚货，却别有一番风味。这些由大头宝、小油口等小杂鱼构成的"鱼肉"，是混杂在毛虾之中，一起经过盐水炸煮、阳光晾晒，最后筛选分离的全过程，其头尾鳍刺等皆已不复存在，只剩下咸淡相宜、鲜美可口的鱼身，每餐抓上一小把，吃上两碗高粱米水饭，真不逊于满桌的美馔佳肴。

我母亲从小生长在农村，对渔村的生产生活本不太了解。但自从搬到二界沟之后，她很快学会了制作海产品和渔家饭菜的本领，而且手艺不凡。当时我家有五六口大皮缸，每口大缸都到我肩膀那么高，口径有七八十厘米，母亲用上好的毛虾做虾酱，每年都会做几大缸。同时制成的还有虾油，就是用一个柳条编成的圆筒状的"卤虾舟子",外面包上纱布,把它放进虾酱中滤出满筒的虾油。那虾油呈金红色,盛在瓶子里看,几乎跟透明的一样,味道也鲜美之极。现在市上热卖的盘锦、锦州小咸菜,主要特点就是用虾油来腌制的。母亲还会用海蟹做成螃蟹酱,用鲜毛虾腌制成"虾板",用鲜海蜇分别腌制成蜇皮和蜇头。母亲的拿手好菜"红烧踏板鱼",更可说是海味中的一绝。

四

在二界沟的童年生活中,还有一样比美味更令我难忘的,就是无忧无虑的玩耍。当时我正在读小学,学习远不像现在的小学生那样紧张。所以,同我一般大的小孩,都有足够的时间去玩。当时并没有种类繁多的玩具,也不可能到外地名胜景区去游览,但就是这个不大的海边渔村,成了我儿时的广阔天地、欢乐天堂。夏天,我经常玩的是用蜘蛛网捉蜻蜓,即用竹篾子扎成一个圆圈,把它绑在一根细竹竿的顶端,再套一些蜘蛛网,当蜘蛛网布满竹圆圈后,就用这个网去粘捉蜻蜓。大夏天里,艳阳高照,晒得身上爆皮,却浑然不觉。有时一天能捉到十几只蜻蜓。后来听老师说，蜻蜓是益虫，可以吃蚊子，还能预报天气，我捉蜻蜓的劲头就不那么强了。但在烈日下奔跑追逐，汗流满面，却是经常不断的。有时虾场不晒虾，我们就跑进去钓"涝帖"，那是一种像毛线头一样的虫子，大约长半寸左右。它们在光滑的虾场表面钻出一个小洞，躲在里面不出来，我们就用一根补网用的油线探进洞里，一面用手拍着地面，一面唱着："涝帖涝帖快上来，躺在洞里不自在。"过一会儿，涝帖咬住线头，我们就把它轻轻地拉上来，装进一个小瓶子里。在虾场里钓涝帖，同样是无遮无挡，任由烈日暴晒。长大以后，家人们常开玩笑说，我的个子较高，一是得益于常吃鱼虾，不缺钙；二是室外活动多，光照时间长。

冬天玩得最多的是捉迷藏。特别是到了晚饭后，一帮男孩子都集中到虾场的草垛中，玩这种人人喜欢而又刺激的游戏。原来在春、夏、秋季节晒虾的虾场，到了冬天，就成了柴场。那时村里煤很少，更不用说烧煤气了。渔民们做饭、取暖用的燃料，主要是在几里外称南大荒的草甸子上拾来的柴草。入冬之前，人们把晒干的柴草都堆在虾场上，每个虾场一般都有几十个柴垛紧凑地堆在一起，这些柴垛之间的空隙，就成了孩子们玩乐的迷宫。开始只是在柴垛间躲藏和追逐，后来发现有的柴垛是用茅草堆起来的，比较柔软，有的孩子就在这样的草垛里打洞，一钻进去，谁也别想找到。不过，有的孩子发现这草垛是自家的，急忙回家告诉爸爸，来人在门口一声大喝，吓得孩子们叽里咕噜地逃跑了。每天的捉迷藏常常玩得很晚，村里没有电灯，天黑下来各自回家时就有点害怕。虽然虾场距家门口只有几十米，但在一片漆黑的情况下，感觉却好像很远。更因为听大一点的孩子讲过"鬼打墙"的故事，所以心里更是紧张，甚至下决心明天晚上不再来玩。最后还是低着头一阵猛跑回到家里。第二天晚上，禁不住小伙伴们呼唤的诱惑，还是要跑到虾场去玩。

本来村子在海边，很可以去玩水，但是这里的水下全是淤泥，下水游泳很容易陷在泥里，每年几乎都有因野浴而淹死人的事，因而母亲对我看管得很紧，绝不许我去玩水。有时我到浅水沟里去摸几条海鲇鱼，或者偶尔去河边钓鱼，母亲知道了也会不高兴，所以我玩水的机会很少。还有一项特殊的玩法，或者叫劳动和玩耍相结合的事情，就是"拾网落儿"。二界沟打鱼多数用的是张网，其开口很大，撑起来至少有一丈见方，网身呈漏斗形逐渐缩小直至网梢。网梢撑起来时如一个圆筒，直径约一尺，而长度却达九尺。渔民下海时，趁着落潮把网口拴在打在海底的木桩上，一排排的张网，像一群张着大口的老虎，等着食物的到来。到开始涨潮时，鱼虾顺流而来，进入网口，流向网梢，网梢的尾部用麻绳扎住。到涨满潮时，渔民驾船绕到渔网后面，用铁钩子拉起网梢，解开麻绳，将海货倒入船上的大筐里，再把网放回海里。张网在海里，有的被大型海洋生物或木板树枝等漂流物撞坏，有的因时间一长网线脱油，所以需要经常把网拉回到陆地，在高高的大木架子上晾晒，俗称晾网，然后要进行修补上油。晾网的时候，网里常有遗留的海物，如螃蟹、章鱼、海蜇、虾爬子等，这时从网里掉出来，孩子们可以拾回家去食用，如同农村在收割过的麦田里拾麦穗一样。但在"拾网落儿"中最有趣的是寻找章鱼，因为章鱼八条腿上的吸盘很厉害，常常吸在网梢里，晾网时也掉不下来。这时，只要拉开网梢，看到里面有章鱼，就可以拿一根长竹竿把它捅下来。既有收获，又非常好玩，有时一次晾网，可以捅下来一小盆。

五

二十世纪五十年代的二界沟渔民，生活比新中国成立前有很大改善，但大多数人家只能说是解决了温饱问题，远没有达到富裕的程度。我们家孩子多，年龄又小，只靠父亲一人工作和母亲搞副业的收入，生活也不宽裕。所以，我在玩得开心的同时，还必须要从事一些力所能及的劳动。比我大几岁的姐姐学习很好，在班里总是拿第一，但是她只能断断续续地读书，每年都要有一段时间到网铺去补网，赚几个钱补贴家用。最后虽然高小毕业，但累计只读了四年书。我的主要劳动是拾柴火。从八岁开始，我就拿起镰刀，带着扁担绳子，到几里以外的荒地去打柴。记得那柴草大体有三类，一类是小苇子，它们也是芦苇，但不是长在大片的苇塘里，没有那么高、那么密，也没有人看管，人们可以随便割回家去烧。小苇子还青绿，割下来要在野地里晒个半干，才打捆挑回家。如果等到秋天它们发干发黄了再来割，那早就被人割光了。砍柴的地点离家有五六里路，我每次挑六小捆青苇，还感到很沉重，肩膀常常被扁担压得红肿，但看着自己挑回的苇捆越来越多，逐渐堆成一大垛，心里还是很高兴，很有成就感。

再一种柴叫碱蓬草，一片片地生长在盐碱荒地或海滩上，其中在海滩上生长的大片碱蓬，经潮水的不断浸泡，变成鲜红的颜色，现已成为盘锦地区的著名景区"红海滩"。碱蓬草一般能长到半米左右高，其枝干近于木本，用来烧菜做饭，火力很猛。

还有一类是各种知名或不知名的杂草，我们把它们混杂着割回来堆成柴垛。到冬天没有草割了，就用耙子到荒草地里去捞茅草，虽然这种草不禁烧，但已是凋败的干草，拾回家就可以用。

当独自一人去打柴时，最难忘的感觉就是空旷。站在野地的某一处土岗上向四面望去，看不见房子，看不见人，只有远处的地平线，想要唱，想要喊，没人听得见。妈妈不愿意让我一个人出去打柴，怕我遇到狼。那个年代，盘锦南大荒确实有野狼出没，但是我不太害怕，也没有一个人碰到狼的时候。我身上是受过伤的，不过那不是狼咬的，而是割草时不慎被镰刀砍伤的，其中，小腿和脚踝两处刀伤都露了骨头，也不过是拿布条包扎一下而已，所以至今这两处还留有伤疤。

在二界沟挑水也是一项极重要的家务劳动，当时没有自来水，也没有淡水井，只有在离村三里之外的一个大水泡子，里面是从很远的水田地区引进来的淡水。二界沟的居民都是到这个大水泡子去挑水，或用驴车去拉水，没有壮劳力的人家吃水很困难，赶上下雨天，人们往往接一些屋檐水，再用矾在水里搅动一下，将泥沙沉淀之后饮用。我当时挑不动两只大水桶，只能用改制的小桶去挑水。到了冬天，大水泡子里的水一冻到底，人们就去刨回冰来，化开使用。记得一个寒冷的冬日，我和一个年龄相仿的小伙伴去刨冰，回来的路上北风凛冽，吹透了身上的棉衣，真是又冷又累，只好走一段停下来，躺在路边的向阳坡暖和一下，再接着往前走。到家之后，母亲看着我挑回来的冰，又看着我冻累的样子，禁不住流下了眼泪。

1955年这一年，二界沟河田不好（当地人的口语，指海里收成不好），父亲全年收入不到一百八十元。要养活一家七八口人，真是太难了。我虽然只有十一二岁，也已开始感觉到过日子的艰难。这年年底，全乡（就是二界沟一个村，为乡的建制）各初级社合并为一个高级渔业生产合作社。父亲作为该社的首席会计，参加了在营口市举办的全省农（渔）业合作社会计训练班，并在七百多名学员参加的结业考试中取得了第二名的好成绩。但是，由于生活的艰苦和并社过程中的繁重工作，父亲治愈多年的肺病又复发了。1956年农历三月上旬，父亲咯血越来越重，乡里赶忙组织人力抬担架走了五十多里路，把父亲送到营口市立医院，但此时抢救为时已晚。父亲在被送到医院的第三天，即农历三月十四日不幸逝世，时年只有三十九岁。父亲的遗体埋葬在村南的海滩上，他留给我们的全部遗产是1952年建起的一间半平房和四百多元的外债。母亲当时悲痛欲绝，满面憔悴，日渐消瘦。许多邻居对姐姐说："你妈妈恐怕熬不过这个夏天了！"但是，母亲终于从巨大的悲痛中清醒过来，她心中一个强烈的念头是：我不能死，不能让我的孩子成为失去父母的孤儿。她开始思考生活的出路。在二界沟，除了下海打鱼，没有别的营生。而我家几个孩子年龄都小，上不了船，怎么办？母亲最后终于下定了决心，她以二百四十元的价格卖掉了一间半房子，再加上父亲的抚恤金，把以往的欠债全部还清，带着我们全家搬到了营口市。在我家极度困难的情况下，母亲卖房还债，还给谁，谁都不要。但是，母亲说："人死不能赖账，欠钱一定要还。"母亲的这些想法和做法，对我此后的人生影响很大。

这一年的九月，我们离开了二界沟，也离开了我童年时的欢乐和忧伤。搬到营口市后，我第一次看到了宽宽的大辽河，第一次看到两层以上的楼房，第一次看到沥青面的马路，第一次看到机器轰鸣的工厂，还有许多我前所未见的新事物，让我耳目一新。但是，二界沟的童年生活，那码头的渔船，虾房的灶火，虾场的柴垛，以及鲜美的"鱼肉"，拾柴的荒野，等等，仍在我心中经常地浮现，使我激动，令我沉思，成为我六十年来难以忘怀的永久记忆。

难忘的"小楼现象"

《营口春秋》刊载了周立国同志写的《营口的小楼饭店》一文，又一次勾起了我对四十多年前那段往事的回忆。

1970年，我从部队复员回来，到营口市革委会宣传组工作，年底就接到了一项任务，去小楼饭店调研采访。其实，这个典型不是我们自己发现的，也不是其上级主管单位汇报上来的，而是群众反映上来的。许多群众找到报社，找到革委会宣传组，说："这样的好饭店、好典型，你们不宣传还宣传什么？"我和组内的同志都感到很惊讶，因为很少见到一个小小的饭店，会引起群众这么强烈的反响。

我到小楼饭店去调研采访了一个多月，常常是白天、晚上都和饭店的职工在一起。其间还经过了1971

年的元旦和春节。我亲眼看到了广大群众对这家饭店和饭店的职工是多么拥护、多么爱戴。他们自觉维护饭店的秩序，因为来就餐的人太多、太挤，他们就主动进行疏导，互相谦让，帮助找座位、让座位，看到有的新顾客着急，另外的老顾客会主动去劝说，告诉他们，在这里吃饭虽然看着人多，但饭店收款、盛饭、打菜速度快，很快就可以吃上饭。看到门前来了一车燃煤，有的顾客放下饭碗拿起铁锹就帮助卸煤运煤，很快收拾得干干净净。有的下夜班的司机经过小楼饭店门口，都要停下来进去问一下，有没有下班的职工，我顺便送你们回家。还有很多生动感人的故事，反映出广大顾客确实是把这家饭店当成自己家的食堂一样，真心地热爱它、关心它、呵护它。这种现象，不要说在当时，就是在此后的几十年里，我也极少见到。

那么，小楼饭店到底好在哪儿呢？我通过调研采访，感受到大体有三个方面。

第一是面向普通群众，经济实惠，物美价廉。

1970年，我国人均GDP只有279元人民币，像营口市这样的中等城市，大多数人只是刚刚解决温饱问题。所以，一个饭店办得经济实惠、物美价廉，就非常受人欢迎。小楼饭店原本是营口市饮食服务公司冰果联店的小食部，只是到了冬天冰果销售处于淡季，开几个月的小食部"度淡"而已。可是由于他们自1968年冬天开店以来，坚持了为普通群众服务的方向，主要经营大米饭、豆腐脑、小炒菜、炝拌菜等大众饭菜，而且又能做到精心细做，物美价廉，非常适合广大顾客的需要，因此天天顾客盈门，生意火爆。夏天到了，却再也关不上店门了，不但要全年开业，而且又几次延长营业时间，从早八点至晚六点，延长至早六点至晚十点，后来干脆实行了二十四小时营业。当时大街小巷的儿童都会唱一段顺口溜："小楼饭店真正好，大米饭、豆腐脑，两角钱咱吃个饱。"不要说普通的工农群众，就是饭店周围的一些机关单位，也有好多员工不在本机关食堂吃饭，而跑到小楼饭店来就餐。

1971年2月17日，我采写的通讯稿《一个深受工农兵欢迎的好饭店》在《营口日报》上发表后，连续几天饭店就餐人员爆满，甚至连窗台上、水池边都有就餐的顾客。后来，省革委会财贸组和辽宁日报社派了写作能力很强的记者谢正谦（后来曾任辽宁日报社社长、总编）协助我们深入总结小楼饭店的事迹，在谢正谦同志指导下，由我起草，并经他认真修改的通讯稿《为人民服务完全彻底——记营口小楼饭店》，发表在1971年8月5日的《辽宁日报》头版，在全省引起了很大轰动。当时我经常去省城新闻单位送稿，较多是住宿在东北旅社。这家旅社的领导还请我为本单位两百多名职工专门做了一次报告。他们当时提的口号是："大楼"学"小楼"，更上一层楼。

第二是服务热情周到，待顾客如亲人。

小楼饭店的职工，对所有来店的顾客总是笑脸相迎，热情服务，使顾客一进门就感到心情舒畅，并快快乐乐地吃好一顿饭。这同一些饭店态度恶劣，让顾客吃一顿饭惹一肚子气相比，反差极大。小楼饭店的职工为顾客热情服务发自内心，因此非常细致周到。冬天，有的服务员一把笤帚不离手，为进店的顾客扫去身上的雪；夏天，饭店为顾客准备了冰镇的凉开水，让顾客消暑解渴。饭店的碗筷不但刷洗干净，而且坚持每餐都消毒。有的顾客顺手拿了一只洗过的却未来得及消毒的碗，服务员会马上追过去换回来。饭店的炒菜、炖菜，一般都是用大锅，但一锅炒多少、炖多少也很有研究，一次炒多些，炒菜师傅省力，但卖到后来，菜就容易凉。于是做菜的师傅就每次少做一些，多做几次，宁愿自己多受累，也让顾客吃上热乎菜。有一位家长出于对饭店的信任，把上学孩子的午餐和晚餐都托付给饭店。有一次这孩子很晚还没有来用餐，饭店服务员放心不下，装好热饭热菜，送到孩子所在的学校，发现这孩子果然是因故耽误了吃饭时间。有了这样热心细致的服务，群众怎能不欢迎呢？

第三是勇于奉献和付出。

小楼饭店做出了那么好的业绩，受到广大群众那么多的赞扬，绝不是轻而易举就做得到的，而是饭店职工流了大量的劳动汗水，牺牲了许多个人利益换来的。饭店职工劳动量之大，真是常人难以想象的。小楼饭店生意火爆时，一天要卖出几千碗米饭，有时两百斤一袋大米倒进蒸汽锅里，蒸熟之后，两个服务员不抬头、不直腰，一口气连续盛上几百碗饭，而且盛的非常准，毫无缺斤少两。再说收款卖票的服务员，也练出一手好本事。别的饭店收款员都是坐着，这个店的收款员都是站着，这样又快又准。顾客多的时候，他们要开三个窗口收款，常常是一个人一分钟可以收款、卖饭票多达十几份。所以，常来吃饭的顾客心里有数：即使顾客再多，他们也能很快吃上饭，绝不会误事。

我印象最深的是店里的一名老党员王爱华。她1946年十八岁时在山西太岳军区参军当看护员，1949年4月入党，曾随所在部队转战到洛阳、大连等地，先后担任过军分区医院护士、护士长，某师家属队党支部书记等职。1963年随丈夫转业到营口，因本人身体原因，复员在营口站前区，担任过居民委主任、针织厂工人。1968年到冰果联店当工人，小楼饭店开业时，她是首批职工之一。小楼饭店最受欢迎的豆腐脑，就是经她提议，并由她亲自去学习，掌握了这门技术，然后在小楼饭店制作和出售的食品。豆腐脑越做越好，吃的人越来越多，而因此受大累的却是王爱华。为了提高产量，她把舀豆浆的小勺换成了大勺，一天要做出十几缸豆腐脑，手腕子都累肿了，疼得晚上睡不着觉，但第二天又照常上班。像王爱华这样拼命干活儿的人还有很多。这个饭店的职工只要一上班，一踏进店门，就立即像旋转的风车一样投入紧张的工作之中，一直忙碌到下班为止。

　　我采写小楼饭店的事情已过去四十多年了。这期间我国社会经历了许多重大事件，有了很大的发展变化，社会的物质文化生活早已是今非昔比。但是小楼饭店职工这个群体的影子，却在我心中久久存在，挥之不去。这是一个什么样的群体呢？就是一名党支部书记、一名经理加上王爱华这三名党员，带领的几十名中年妇女和少数几名女青年，其中多数文化程度较低，有的还是"大集体"、临时工，但是他们走进了小楼饭店这个集体，在一种神圣观念和强劲潮流的激励推动下，创造了使人至今难忘的"小楼现象"。

　　这些年来，我们创造了很多新的东西，也逐渐淡忘了一些旧的东西，甚至连闻名遐迩的小楼饭店也于十六年前被拆除。但是真正有价值的东西，不管是在什么年代、什么形势下产生的，都是党和人民不该忘记也不会忘记的。从周立国同志的文章中得知，小楼饭店先后多次被评为营口市、辽宁省乃至全国商业战线的先进单位，其名字和事迹被收入《营口市志》和《中国商业文化大辞典》。1978年，为小楼饭店做出突出贡献的王爱华，被评为了全国三八红旗手和全国劳动模范。这些荣誉都是小楼饭店应得的和当之无愧的，但是同小楼饭店职工们所创造的精神财富相比，后者的价值更重要得多。今年五一劳动节期间，我在营口市史志办和市总工会的帮助下，找到并拜访了八十九岁高龄的王爱华。她同最小的女儿龙连义生活在一起，过着安宁、幸福的晚年生活。她仍然是那么平静、淡泊，既不为曾取得的荣誉而显得多么激动，也不对自己曾付出的艰辛劳动而多么感慨。她同我谈得最多的，是怀念几十年前同她一起拼搏过的小楼饭店的员工们。

原载于《营口春秋》2016年第3期

点滴回忆寄深情

一代艺术大师、著名评书表演艺术家袁阔成先生，离开我们已经一年多了。去年三月初他辞世的时候，我刚刚做完手术在家养病，听到这个不幸的消息，我感到非常的震惊和惋惜。看着媒体上那些催人泪下的纪念文章以及对袁先生来说当之无愧的褒扬之词，我多么想和大家一道说说心里话，共同怀念一番这位令人崇敬的艺界伟人哪！

我和袁先生的直接接触其实是很有限的。同许多观众和听众一样，我对袁先生的喜爱和了解，大多是通过看和听他在舞台上、在广播电视里的表演而产生的。

1970年年初，我从部队复员回到家乡营口市，不久即调到市革委会宣传组从事新闻报道工作。当时，

"文化大革命"最激烈、最动荡的时期已经过去,人们的生活也相对稳定了一些,有些文娱活动也逐步开展起来。但是限于当时革命样板戏的一花独放,许多传统的戏剧、曲艺等还是很少看得见。有时市里开大会,或遇有纪念、庆典之类的活动,也要搞一台文艺演出,但除了样板戏选段,就是一些反映"文化大革命"内容的对口词、"三句半"等等。在这种情况下,有一个奇妙的现象,就是许多观众在台下耐心地等待最后一个节目,那就是袁阔成先生表演的评书小段。这段评书虽然只有十几分钟,有时甚至只有几分钟,也会引发台下一阵阵热烈的掌声和满场的笑声,观众也得到由衷的满足。我当时凡是参加大型文艺活动,都要认真看一下节目单,只要上面写有袁先生的评书节目,我都会耐心地等到节目看完,绝不会提前离开。我周边的同事都有这样的感觉,哪怕一台节目长达两个小时,只要能看到袁先生几分钟的表演,这两个小时坐得也值!当时,我对袁先生的评书艺术,包括其历史传承、艺术创新、思想和艺术价值等并无很深的了解,正所谓内行看门道,外行看热闹。我这个外行只是直观地感觉袁先生的表演太好了。只要袁先生在台上一站，台下马上欢声雷动。他的表演，不但声音浑厚清晰，语言快慢有度，而且动作眼神之间，可以说浑身都是戏。

记得我看过他的一个评书小段叫《桃花庄》，说到鲁智深假扮新娘，坐进花轿，表现几个轿夫抬轿时的语言和动作，简直让人忍俊不禁。袁先生把手中的折扇搭在肩上，比作轿杠，边做出负担很重的样子，边模拟一个轿夫的口气说，这新娘子好重啊，比两个人还沉呢！另一个轿夫说，你没听说过千金小姐吗？有一千斤呢！第三个轿夫说，什么千斤小姐呀，这是大户人家小姐出嫁，那金银财宝的嫁妆能少得了吗？哥几个都卖卖力气！然后又表演几个轿夫调整步子，同喊一声号子："起"！才勉强把轿子抬起来。这段惟妙惟肖的表演，让全场观众笑得前仰后合。那几年在整个营口市，一提起袁先生的评书，可以说是家喻户晓，人人皆知。

1972年，我负责一段对台宣传工作。组稿的需要，使我有幸在当年四五月份对袁先生进行了一次采访。这次采访使我首次了解到袁先生出自评书世家，是平津一带有名的"袁氏三杰"的传人。袁先生还饱含深情地述说了自己家庭在新旧社会的不同际遇，讲了自己在新中国成立后二十多年中艺术事业上的发展成就，以及党和政府对他的重视，人民群众对他的热爱。之后，我和袁先生一起完成了一篇署名的对台宣传稿《新中国艺人无限幸福》，此稿发出不久，即在福建前线广播电台播出。

同袁先生近距离接触之后，我更感到了他的平易近人和开朗豁达。袁先生当时已是著名的表演艺术家，但对我这样前去采访的二十几岁的年轻人，同样是亲切热情地接待，一点也没有"大腕儿"的架子。我们机关接触过他的同事都对他既尊重又亲近，许多同事见了袁先生，都亲切地叫他"老阔"，他也笑呵呵地答应。

袁先生的开朗豁达，还表现在他能勇敢而乐观地面对人生的坎坷和困难。他从1956年到1986年，在营口市工作生活了整整三十年，许多营口人知道他的评书艺术高超，给人们带来了很多快乐，却很少有人了解他生活中的波折和不幸。

当时都没有稿酬，他的稿件被福建前线广播电台采用之后，只给了我们两本封面印有"中国人民解放军福建前线广播电台赠"字样的笔记本。有一天我去袁先生家串门,想顺便给他送去一个笔记本。不巧,先生不在家。这次事先没有打招呼的拜访,让我看到了袁先生家庭生活的另一面。当时袁先生家是住在营口市二门町的胡同里,坐北朝南的三间平房。二十世纪七十年代初,城市居民的住房条件普遍较差,袁先生能有三间平房住就很不错了,但我还是从心里感到,一位如此德高望重的大艺术家,全家五六口人,只住了这样的三间小房,实在是太委屈了。我的个子高一点,站在外面,伸手可以摸到北墙的房檐。屋子里要比北墙外的平地深半尺多,所以站在屋地上还显不出房子太矮。中间的屋子算是堂屋和厨房,靠西屋的墙根搭有锅台,有一只鸡还上了锅台,见我进来便飞跑了出去。那天正赶上袁先生的老伴儿生病,身边有一位姑娘在侍候她,那姑娘的眼睛似乎还有残疾。我看袁先生也没在家,就告辞一声出来了,但是看了这个场面,心里很不是滋味。

在此之前,我也听说过,袁先生有三个女儿,一个儿子。"文化大革命""文攻武卫"打派仗的时候,医院被"造反派"占领,他唯一的儿子得了急病,因没得到及时治疗而死去了,老伴儿也因此得了精神病。这次我亲眼看到了袁先生家里这一幕,心里的痛楚和郁闷之情,真是久久挥之不去。然而,我们在外面的各种场合看到袁先生,他总是精神抖擞、满面春风的样子,这得需要多么平和的心态和坚强的毅力呀!

1974年我调到其他部门工作,四年之后又调到省里工作了。后来听说袁先生于1986年调到中央电视台工作了。四十多年过去,我和袁先生再没有谋面的机会,但是在收音机里和电视上,时不时会听到、看到他的精彩评书。每每这时,都会勾起我对袁先生的无限崇敬和深切怀念。

原载于《营口春秋》2017年第1期

辽河随想

大辽河蜿蜒千里，若干支流由西、北、东三个方向汇集于辽宁中部，然后一路向南，在距离渤海边大约三十里的地方，突然向东一个转弯，又回头向西，形成了一个横写的U字形河道，从营口市西部注入大海。这就是美丽富饶的辽河湾，营口就像一位苗条文静的少女，由西向东温柔地侧卧在大辽河的南岸。

我从第一次见到营口的大辽河，至今已整整六十年时光。真是人生易老河难老，而今我已年逾古稀，而辽河水依旧滔滔无期、年复一年地潮起潮落，义无反顾地直奔大海。六十年来，我有时紧偎在辽河身边，和它共享忧愁和欢乐；有时又远去他乡，同大辽河难得一见。但是在我心里，大辽河就像与我感情至深的亲人一样，从未被我忘记过，许多有关大辽河的

散　文

辽河夕照

往事，经常在我心头涌起。

一、 辽河横渡

我第一次见到大辽河是1956年，那一年我十二岁。那年春天父亲因病去世。母亲为我们几个年幼的孩子的长远生活考虑，于当年秋天，带着我们从几十公里外的渔村迁到了营口市。记得我们当时是坐着胶轮马车来到辽河北岸的。那里并没有城市的景象，只有沿河边的一条小街，街两边有几排低矮的民房。隔河望去，对岸的城市模样才隐约可见。我当时只觉得这河面好宽哪！差不多能有一里多宽呢！后来长大了，才知道大辽河涨潮时，渡口河面宽度可达到九百六十米。这么宽的河面，当时的渡船只有可容纳十几个人的小舢板。我坐在船边，看着船工吱吱呀呀地摇着大橹，船舷离水面还不到一尺高。我伸手划拉着清凉的河水，只觉得很有趣，没有想到坐这种小船渡河是否安全。二十世纪五十年代中期，辽河渡口还没有渡轮，春夏秋三季，过往行人主要的摆渡工具，就是这种晃晃悠悠漂在水面上的小舢板，每人渡河一次，收费只有一角钱。如要渡汽车，则需将四条舢板并联起来，铺上木板，一次也只能渡一辆车。1957年以后，开始有了轮渡，过往行人要过河，比过去安全多了，也省时多了，但也仅有六十马力以下的木质机动船。到了二十世纪七十年代初，辽河渡口已经很具规模了。作为市交通局的一个下属单位，渡口建起了很像样的二层楼，既有办公室，又有宽敞的营业厅。渡轮的吨位也大有增加，不但可以渡人，还可以渡车。每艘渡轮除了可渡几百名乘客之外，还可渡八辆解放牌卡车。码头也得到修缮和改建，汽车可以在河岸和渡轮之间直接开上开下。记得1972年我在营口市革委会宣传组工作时，还专门去采访过这个单位，报道过渡口的发展和职工们的事迹。

　　但是，面对宽宽的辽河，轮渡还是不能使旅客畅行无阻。特别是在辽河封冻前和春天冰河即将开化这两段时间，既不能行船，又不能走冰，来往行人只能望河兴叹。许多营口人当时有一个强烈的愿望，如果能在辽河上修建一座大桥，那该有多好哇！但是老营口人都知道，在营口修辽河大桥绝非易事，因为这段河道近辽河出海口，河面很宽，淤泥壅塞，要修建一座工程规模和技术要求极高，投入资金数目极大的大桥，只能是一个梦想。所以，包括我在内的许多营口人都认为，造这样的大桥只是个愿望，何时能建，恐怕是遥遥无期。然而，超出人们想象的是，经过改革开放这几十年，我们伟大祖国经济和社会迅猛发展，许多梦想和愿望都变成了现实。转眼之间，宏伟壮观的辽河大桥，像天边的彩虹一样横空出世，飞架于即将入海的辽河口处，真如毛主席诗句所说的"一桥飞架南北，天堑变通途"哇！媒体报道，辽河大桥全长4.44公里，桥梁全长3.32公里，主桥长866米，宽33米，大桥距河面高约45米。2011年9月28日正式通车那天，我和夫人专门驾车从大桥上跑了一个来回，激动和喜悦之情难以言表。半个多世纪之中，我亲身经历了大辽河南北两岸，从舢板摆渡到渡轮往来，再到大桥横跨的发展过程，深深地感觉这正是伟大祖国不断繁荣昌盛的一个缩影啊！

二、伴河而读

我的中学时代，续写了我同大辽河的情缘。我读书的营口市第四中学，就紧靠着辽河岸边，这种地理位置是营口市当年十几所中学中仅有的。学校的北边紧靠辽河，西边是同辽河直角相交的一条河汊子，当地人称其为西潮沟。史料记载，学校校址原是民国初年设立的海口检疫医院，始建于1919年秋，1920年7月竣工投入使用。该院以检查自海上进入辽河口的船只上的疫情为主要职责。院长是中国检疫、防疫事业的先驱，时任东北防疫总处处长的伍连德先生。到1956年营口市第四中学在此建校，距该院开业已过去了三十六年。我在该校读了三年书，几乎每天都要看到辽河。课间和午间都会跑到辽河边去转一转、看一看。其间有两件与辽河相关的事情，在我头脑里留下了较深的印象。一件是在辽河边砌炉炼铁。当时正处在"大跃进"时期，上级号召全民大炼钢铁，我们中学生也参加了炼铁大军。记得我们班有六个组，每组要建一个炼铁炉。我们组的炼铁炉是由我建议，建在了辽河与西潮沟交汇处的一座水泥台上。这个水泥台宽有一米多，长有十几米，高有四五米。西侧台下是西潮沟的淤泥和河水，北面是辽河，东南两侧同陆地平面连成一体。过去这个平台是做什么用的，我们不得而知，也许是船舶停靠的码头，或许是对入港船只进行检疫的关卡，总之后来是废弃了。我们就在这个水泥平台上，用捡来的砖头石块砌了一座两米多高、像个大地瓜炉一样的炼铁炉。矿石和焦炭都是市里发下来的。我们按照技术人员教的程序，先是填进木柴，然后是焦炭，最后是铁矿石，一层一层地装好炉子，在一片欢笑声中点火生炉。一连烧了几天，把炉子烧开了一道大裂缝，最后把炉子扒开，取出了由凝固的铁水、焦渣和没烧透的矿石等熔在一起的一个大铁坨，这就是我们参与大炼钢铁的成绩。不知这个铁坨是否已统计在当年全国钢铁生产的总产量之中了。多年之后再想起此事，使我深切体会到，如果我们党在经济建设的指导思想上出现偏差，基层就有可能出现令人匪夷所思的荒唐做法来。

另一件事是滑冰训练。当时学校勤工俭学，有校办工厂。学校用所创收入给学生买了统一的校服和其他一些教学用具。特别令人兴奋的是买了足够两个班级使用的黑皮面高级冰鞋。我们小时候溜冰，都是在棉鞋上捆块木板，上面镶两根铁丝，就算是冰鞋了。现在一下子看到这么好的冰鞋，真是喜出望外。开始，体育老师带着同学们到结冻的辽河冰面上学习滑冰，后来因为辽河结冰时，冰块互相冲撞，常常是此起彼伏地冻在一起，要找一块面积较大又平整光滑的冰面也并不容易。而且老师还担心万一哪个地方冻得不结实，滑冰的同学会有危险，所以学校就在校区南广场上用土围成一个大圈子，里面注入半尺深的水，冰冻之后，作为我们上体育课时的滑冰场。我因为从小就长了一双大脚，学校买的冰鞋我很难找到一双合脚的，勉强穿一双挤脚的冰鞋练了几回，因实在挤得脚疼就不练了。虽然至今我也没有学会滑冰，但中学阶段这些与辽河相关的往事，却始终没有忘记。

三、迷人景色

　　说起辽河景色，它在我心中的确是留下了独特的印象。大辽河沿着营口市的北部边缘，从东向西注入渤海。隔河北望，对岸除了几排低矮的民房，就是一望无际的大片芦苇，这就是著名的辽滨苇场。南岸才是营口市区。所以，大辽河不像圣彼得堡市内的多条河流那样穿城而过，也不像巴黎的塞纳河、广州的珠江、天津的海河那样，两岸布满了宏伟的建筑，风光璀璨，富丽堂皇。但是，大辽河至今所保持着的原始质朴的美，使它具有一种独特的、令人难忘的魅力。其中深深烙印在我脑海之中，至今仍令我无限眷恋的，是大辽河夕阳西下的瑰丽风光。在我国，海岸线多数朝东，因此站在海边看东方日出并非难事，但是要想看夕阳西下落入海中的美景，机会就要少得多。而大辽河经营口市区这一段，正是由东向西注入渤海。本来，清晨向东看辽河日出也是可以的，但是在东部辽河湾处，已有许多高层建筑，所以看河上日出效果并不理想。然而顺河西望，看落日入海的美妙景色，却是营口人得天独厚的享受。当年，我常常在傍晚坐在辽河岸边向西望去,看着河水和海水连成一片,晚霞之上,一轮又圆又大的金红色太阳,一点点地向下移动。那日光和晚霞映照着河中涟漪,泛起点点金光。片片金鳞,闪闪烁烁,如同满河的金水,在缓缓地向西流动。半空中又时而有几只海鸥在滑翔。这种梦幻般的景象经常使我看得入迷,有时一坐就是一个小时,直到夕阳完全落入海平面,才恋恋不舍地回家。长大以后我读了王勃的名句"落霞与孤鹜齐飞,秋水共长天一色",马上就联想到辽河夕照的景象,甚至觉得辽河的晚霞和夕阳之美,比王勃诗句所描写的还要壮丽得多。

近些年来,营口市有关部门为了美化市民的生活环境,对辽河沿岸进行了几次维修改造,使东西长近八里的辽河南岸,变成了一条风光秀丽的景观带。坚固而造型美观的辽河护栏,有如蓝色长裙上一条鲜亮的花边,镶缀在辽河岸边。紧贴护栏的是六米多宽的红褐色步行路面,早晚在此跑步、散步进行锻炼的男女老少接踵而过。滨河路南侧,十余里长、百余米宽的开阔地带,是不允许进行任何商业性开发的休闲区,十几块形态各异的绿地和公园,如美女的耳环一样挂在滨河路边。一年四季，都有一些市民在此休闲娱乐。许多老营口人，几乎每天都要来辽河边上走一走、看一看，看宽宽的河面上那滚滚西去的河水，看对岸一望无际的苇田，看前后不见首尾的洁白护栏，看往来于河面的大小船只，看朝起于河东，晚落于河西的艳阳。他们和我一样，看了几十年的辽河，至今还没有看够。

四、老街寻迹

在现代经济社会发展的进程中，以港兴市已成为一个重要的理念和特点。营口市就是一个以港兴市的典型。因为有了一条大辽河，辽河口就成了商船进出河海之间的重要通道。这一现象可上溯到三百年前的清朝中前期。当时我国东南沿海各省商船，利用大辽河的黄金水道进行南北通商，使营口的口岸经济得到迅速发展，呈现出客商云集、店铺林立的繁荣景象。到1726年（清雍正四年），南方客商在大辽河近海口处，集资兴建了天后行宫（营口人后称之为"西大庙"），以求得保佑南北水运通商的平安顺利，这便足以证明营口商埠开发之早。到了晚清，由于政治腐败、国弱民穷，各资本主义国家纷纷跑到中国来进行军事、经济、文化等各种侵略。大辽河作为东北地区最重要的水上运输通道，自然也不能幸免。1858年第二次鸦片战争中，英国强迫清政府签订了《中英天津条约》，其中有增开牛庄等九处通商口岸的条款。到1861年牛庄口岸开埠时，因牛庄远在大辽河上游几十公里处，所以英方强行指定近临大辽河口的营口为牛庄，后来对外开放的所谓牛庄港，实际就是营口港。由此，营口港成为我国东北地区第一个对外开放的通商口岸。从1861年到1931年的七十年时间，不但国内富商咸集于此，而且西方各国商人也纷至沓来。有关史料记载，营口商贸最盛之时，大辽河一年能进港六百多艘千吨级货轮，其中80%左右是外籍商船。国内外富商抓住商机，纷纷在沿河一条街的两旁建立商号、库房和加工厂，并有多家银号先后开张，使营口很快成为东北地区最繁华的商贸中心和金融中心。先后有英国、法国、瑞典、日本、挪威、荷兰、美国、俄国、丹麦、德国等多个国家在营口设领事馆。1931年九一八事变之后，日本侵略者占领营口十四年，营口港和营口贸易都受到了严重打击。营口港还成了日本侵略者掠夺我国资源和输入侵华战争武器装备的重要通道。当我们赶走了日本侵略者，打倒了国民党反动派，使营口回到人民怀抱时，大辽河和岸边的营口市已是满目疮痍。经过多年的治理和建设，营口市、营口港和大辽河逐渐焕发了青春，并不断展现出远远超过历史的新风貌。1984年，当时的市委、市政府领导争取到了辽河老港重新对外开放的政策，使老港区面貌焕然一新，进港商船最多时一天达二十艘以上，最高年吞吐量达到了近千万吨。

2008年，营口市委、市政府听取并支持了各有关方面的意见，决定在营口市西部城区全面改造的过程中，保护好历史遗迹，保留并修缮了三十一处百年以上的老商号、老建筑，又在此基础上，修建了一批仿古建筑，引进了一批餐饮、娱乐、旅馆、古玩等商家，并运用雕塑、绘画等方式，形象地还原了一些百年以前辽河老街商贸活动的场面，从而形成东西1.3公里长，总面积达20多万平方米的营口辽河老街景观带。这不但保住了这一片营口历史的发祥地，而且为活跃营口经济，展示营口市的港口城市文化特色做出了新的贡献。

我特别感谢那些为保护和修复辽河老街做出贡献的人，因为我同这条老街有着深厚的情缘。我的家就曾住在目前保留下来的三十一处商号之一，名为双兴福的门市房后院。那本是商家做仓库用的两间平房。1956年母亲带着我们租住了这两间小房，直到二十世纪八十年代初，前后居住了二十多年。辽河老街重建之后，我又旧地重游，看到临街二层楼的双兴福商号已修葺一新，而我家居住的两间平房已经拆除，原处修建了一座一米高、数丈见方的木板平台，平台之上矗立着一座白色的大象雕塑。这一象征吉祥如意的巧妙设计，使我看后感到很是欣慰。

被城建部门保留和修缮的老街建筑，还有一处是瑞昌成大楼。它位于我家原住址的马路对面，过去是营口市的标志性建筑。这是一座三层高，外表为橘红色砖面的方形建筑。说它具有标志性，是因为在二十世纪五十年代，瑞昌成是营口市少有的大型建筑，1956年我随母亲迁到营口时，从辽河北岸摆渡到南岸，第一个映入眼帘的，就是这座大楼。瑞昌成始建于清宣统二年（1910年），本是上海瑞昌成总柜在营口的分号，当时主要经营颜料类物资，还兼营布匹、杂货等，代销美国美孚洋行、德国德士古洋行的商品，此后又兼营运输、仓储等业务。2003年被公布为辽宁省第六批文物保护单位。现在这座百年建筑不但被完好保留下来，更成为集珠宝、玉器、古玩字画、名酒名茶为一体的综合性文化商铺。而令我常常感慨和怀念的是，这座百年建筑物与我家和我的亲人竟发生了诸多联系。第一，我们到营口的第一个家就离它那么近，每天一出大门，一眼就可以看到大楼门楣上的"瑞昌成"三个大字，而且一看就是几十年。第二，在我们迁入此地的头一年冬天，我父亲作为盘山县二界沟渔业社的首席会计，参加了辽宁省农业厅在此举办的全省农渔业合作社会计培训班，经过六十天的学习，在有七百多人参加的结业考试中，父亲取得了第二名的好成绩。但是，父亲回乡不久，因旧病复发于1956年春去世。因此，每当看到这座建筑，总会引发我心中难以名状的情怀。第三，瑞昌成于1960年初，曾辟为营口市卫生学校校址，而在1965年入学的医士班学员中，有一位女生在七年之后成了我的妻子。婚后谈起瑞昌成大楼来，觉得当时的卫生学校离我家近在咫尺，却"无缘对面不相逢"。没想到她离开学校多年之后，却又嫁到了瑞昌成对面这一家中来，真是令人感慨万千。

从我家向西几十米远，就是全市有名的药铺宝和堂。当年宝和堂不但以货真价实闻名，而且在我记忆中，他们还能制药，其中最负盛名的一种制药是阿胶，也就是俗话说的驴皮膏。我没有见过他们制药的全过程，但多次闻到过他们熬制阿胶过程中所散发的气味。1990年，我由省里调到朝阳市工作，当看到漫山遍野的毛驴时，就产生过一个想法，如果能把营口宝和堂的老药工请来，与朝阳联合开发阿胶产品，一定会是个很好的经济项目。后因各种原因没有促成，但宝和堂药店在我心中的印象是很深的。

营口辽河老街现已成为省内外知名的景点，每年春夏秋三季都会吸引大批游客前来游乐和访古。曾在老街上生活过多年的我，尽管长期工作在外地，尽管有诗人感叹过"平生居处总非家"，但大辽河和它岸边的这条老街、这座城市，实实在在地给我一种永久的家的感觉。

原载于《营口春秋》2017年第2-3期

散文

槐缘心曲

　　人的名字，本来就是一个符号，有了名字，便于定位，便于称呼，便于相互区别。但自古以来，人们对名字的认识似乎又不止于此。更深的学问我说不清，但起码是每个人都希望有个好名字，或听来响亮，或内含深意，或寄予希望。有时我也想过，我的名字有什么意义呢？父亲去世的时候，我还不满十二岁，没有来得及问他为什么给我起了杨树槐这个名字。后来自己琢磨了几回，觉得父亲的用意有些是可以猜测得出的。这三个字中，第一个杨字是姓，这是固定不变的，第二个树字，好像杨家排到我们这一辈，中间都是一个树字，这应该是按家谱上的顺序来的。关键是这个槐字，为什么就放在我的头上了呢？当然，我们兄弟姐妹六人的名字，除了前面杨树两个

槐缘心曲

2017年5月与夫人付瑞芳在正定县委、县政府门前大槐树下

字完全相同外，后面这个字也都带有木字旁，查查字典，又都属高大乔木。可以看出，父亲真是用心良苦，希望我们都能成为栋梁之材。但六人相比，我又常常觉得他们五人的树种似乎都强于我。比如哥哥的楠字，那是"常绿乔木，木质坚固，是贵重的建筑材料"。再比如姐姐的梅字，是"落叶乔木，初春开花，香味很浓"。其他几位，三弟的樟字，是"常绿乔木，木质坚固细致，有香气，做成箱柜可防虫"；四弟的椿字，"香椿，落叶乔木，叶初生时有香气，可食"；妹妹的桢字，则是"坚硬的木柱"，古人常用"桢干"比

喻能胜重任的人才。而对于槐树，我开始时的认知并不很好。小时候住在渔村，村里和周围全是盐碱地，不要说是槐树，几里之内也什么树都没有。所以那时对树的认知就很淡。后来迁居到一个中等城市营口，才在路旁和公园看到了许多树，其中当然包括槐树。我之所以开始时对槐树认知不够好，一是因为同学们利用我的名字起外号，把杨树槐倒过来称作杨槐树，二是当时我见到的槐树，大多是洋槐，也就是刺槐。洋槐原产于美国，十九世纪末引入中国。这种槐树枝上有刺，树皮粗糙，而且扎根不深，记得偶有大风大雨天气，碗口粗的槐树会被连根刮倒。洋槐的木材也不够名贵，既不能制造精美家具，也难为栋梁之材，多被用于制作农具或建房时的辅助材料。

  我对槐树印象的好转，是始于大连。二十世纪六十年代中期，我应征入伍，驻地在大连市（当时叫旅大市）的旅顺口区。那里的槐树很多，公路两旁有成行的槐树，营房内外也有成小片的槐树林。每到五六月份，那一簇簇、一片片的白色或乳白色的槐花，就占据了树林中的很大空间，清风吹过，那浓郁的花香沁人肺腑，真是舒服极了。可是我以前为什么就没有

槐缘心曲

感受到这种亲切诱人的香味呢？我想可能是以前没见过大片的槐林，无法造成比较强烈的感觉；或者是由于年龄和经历的原因，尚未形成欣赏大自然鸟语花香的情趣。总之直到此时才突然感觉到槐树的树形是那么好看，槐花是那么浓香。特别是看到战友们常常会买回来一瓶瓶槐花蜜尽情地品尝，更使我对槐树的优点有了进一步的认识。要说这槐花蜜真是难得的蜜中上品，它颜色淡黄透亮，味道清香诱人，性质温和滋润，当时的价格又很便宜，可以说是老少皆宜，贫富共享。多年之后我到省城工作，也经常去大连，才知道大连槐树之多，遍及城乡。特别是像棒棰岛宾馆这样的优雅去处，房前屋后，道路两旁，到处都是槐树的身影，槐花盛开之季，满院香气四溢。难怪大连市的市花也是槐花。前些年，我出差住棒棰岛宾馆时，闻着花香，偶有所思，遂成《咏槐》一首："年年五月绽鹅黄，绿树枝头玉生光。不羡松柏成梁栋，偏向端阳送晚香。"

其实，槐树的优秀，绝非止于花香蜜甜。有关资料介绍，仅以洋槐为例，可以说是通身无不可用之处。槐树适应性强，耐贫瘠，耐寒冷，抗硫抗氯，易于栽种。长城内外，大江南北，关东西藏，到处都可以成活。加之树干高挺，树冠宽阔，真如一柄柄绿色的大伞，支撑于辽阔的大地，为人们提供如盖的绿荫；槐花不但可以成蜜，还可以为食。现在六十岁以上的人都会有记忆：经济困难时期，以槐花为食，填饱了多少人的饥肠。槐花、槐叶、槐果、槐枝、槐根及树皮、树胶、树耳皆可入药，常用的当属槐米、槐花、槐角等，具有凉血止血、降火清热等功能，可治疗便血、尿血、痔血以及心胸烦闷、风眩欲倒等症状。此外，槐花还可以制作染料，槐树种子可榨油用于工业，槐角的外果皮可以提取多糖，等等。真可谓，槐树通身都是宝，奉献人类样样好。

  随着对槐树好感的不断加深，对探索有关槐树知识的兴趣也更加浓厚。原来，我大半生所认知的槐树基本上都是洋槐，或者叫刺槐。对另外一个品种的槐树，即国槐却所知甚少。最早知道我们中国有一种原生的槐树，是二十世纪六十年代看了一部电影叫《槐树庄》，反映的是1947年解放区农村"土改"的故事。当时，自己完全被生动紧凑的剧情和著名电影艺术家胡朋的精彩表演所吸引，至于电影为什么叫《槐

槐缘心曲

树庄》，恍惚记得在村口的画面上，确实是有一株又粗又大的老槐树。由此我开始知道在槐树群体里，是存在着一种源自中国的槐树种类。而对于这种国槐的深入了解，是最近几年才获得的。

2014年5月上旬，我和夫人一起开车到河北省，搞了一次自驾游。这次旅游，除了革命圣地西柏坡以及河北较大城市石家庄、保定之外，我们还专门去拜访了一下正定县。记得我有一位组织战线的老同事，"文化大革命"前，曾在正定县担任过县委副书记。更重要的是，习近平主席年轻时曾在那里担任过县委书记。所以，打心眼儿里想去正定县看一看，看那里的县委、县政府是什么样子，那里的县城是什么样子，这片土地是怎样培养出习主席这样优秀的党和国家领导人的。当然，像我们这样只是自己来走走看看，既不是记者采访，又不能请人系统介绍，而且逗留时间只有一天，想把我头脑中带来的问题都解答了，显然是难以做到的。但是，我们毕竟看到了习主席曾经工作过的县城，并在县委、县政府门前合影留念！令我想不到的是，这次到正定，竟有了一份意外的收获，那就是近距离地亲眼看到了多株年代久远的大槐树

（当然是国槐）。先是在县委、县政府门前拍照时，就惊喜地发现大门前东西两侧各有一株粗大的老槐树，这两株大槐树可不简单哪！看那树干上悬挂的简介牌，方知，这县委县政府所在地，"元中统三年（1262年）建贞定路署，元末毁于战祸。明洪武十年（1377年）修复为真定署。清雍正元年（1723年）改为正定府署至民国。该树树种为国槐，当年修复真定府署时所植，树龄约六百年，属正定县重点保护古树名木。"此简介牌是正定县人民政府2000年9月28日所挂，具有相当的权威性。而且这两株大槐树，虽历经六百余年沧桑巨变，居然至今还枝繁叶茂。那粗大的树干，我虽然没有去试抱，但估计至少要三个人才能合抱。这两株大槐树令我非常激动，内心隐隐感觉，我似乎同它们生命相通，情感相融。它们曾为习主席站过岗。它们是光荣的。我站在它们身边，心中似乎也在分享着这一份光荣。后来，据说正定县委、县政府还专门为这两株古槐立了碑。我在互联网上查了一下，得知是朱博华先生和王志敏先生所做的一篇《古槐赋》，正定县委、县政府请著名书法家傅金玲老先生书丹，刻于巨石，以中共正定县委员会、正定县人民政府的名义，于 2014 年 10 月 1 日立于大槐树前。这篇《古槐赋》，虽只有短短的二百余字，却是言辞激荡、大气磅礴，既有古槐之坚韧不拔，又有古槐之忠贞仁厚，还有古槐的潇洒飘逸。一吟三叹，令人神往。故心有不舍，将其原文恭录于此：

古 槐 赋

桓桓古槐，天之菁毓，郁郁古槐，地之佳酿。始以甲坼滋萌，继则枯荣经年，寒暑代序，荏苒庶乎春秋。

悠悠岁月，陵谷沧桑，夫斯佳木顺而不纵，逆而不移，泰然而立，旦旦如也。兵燹殃之，则抵之以槐龙；雷电摧之，则御之以槐甲；世故损之，则应之以槐韧；垂髫扰之，则哂之以槐量。挫而愈奋，折而愈劲，凛凛然大义薄于九天。凭以立之者，质之坚也，品之贞也，风之厚也，韵之穆也。君不见今日之古槐，干若苍松之磐礴，枝若疏梅之俏奇，叶若修竹之茂密，花若幽兰之清芬。巍乎壮哉，郁乎盛哉。仰止之衡，宁逊于花木君子乎！

　　君子之喻，盖言品物之至尊，亦可鉴吾族之至性。中华文明之昌，殆由兹可知滥觞也。

该文把古老国槐提到中华文明昌盛之始的高度，也算是极而言之了。其实，正定县的国槐，远不止县委、县政府门前这两株，据说在全县城乡多有分布，仅百年以上的古槐就不下百株。正定县城内的隆兴寺，就是古槐比较集中的地方。

隆兴寺是我国国内现存时代较早、规模较大而又保存完整的佛教寺院之一，始建于隋开皇六年（586年），原名"龙藏寺"。宋初，太祖赵匡胤敕令在寺内铸造铜佛，兴建大悲阁，并大兴土木，以大悲阁为主体，形成了一组宋代建筑群。到了清康乾时期，又曾两次大规模维修和扩建，寺院发展达到鼎盛时期。清康熙四十八年（1709年）改龙藏寺为隆兴寺。是历代帝王巡幸和文人墨客游览的名胜之处。据说，"文革"初期该寺险遭红卫兵"破四旧"之厄，是敬爱的周恩来总理以其智慧和胆识，挽救了这千年古刹，使其免遭一劫，使我辈还能得以亲眼观赏到寺院内隋朝的古碑，宋代始建、清代重修的大悲阁，以及宋朝初年铸造的，迄今为止我国古代最大的青铜制艺术品——高22.28米的千手千眼观世音菩萨铜像。特别令人惊喜的是，我在这座寺院内，见到了几十株百年乃至千年的古槐。这里最老的一株国槐，相传为隋朝所植，距今已有一千四百多年。树虽然已中空，但仍以顽强的生命力，展示着它的长枝和绿叶。据说是先有此槐，之后因槐而建寺。又传说宋太祖赵匡胤称帝之前路过此树，见树上祥云缭绕，以为是吉象天成。后来当了皇帝，曾多次重修和扩建龙藏寺。这些传说虽无典可考，却多年广泛流传，足以说明这株古槐之于隆兴寺兴衰存亡具有着重要影响。

在我国广大人民群众的心目中，国槐不但是吉祥树，而且是长寿树。园林界人士介绍，国槐和洋槐的寿命有很大不同。洋槐虽易活速生，但寿命一般为四十年至五十年，而国槐在正常条件下，活过百年不足为奇。在河北、山西等省，年过百岁的古槐散见于广大乡村，为数不少，但除了当地村民视为祖传珍宝之外，外地人很少知道。随着近年来旅游事业的发展和生态保护意识的增强，这些爷爷辈、祖宗辈的古老国槐才逐渐为人们所熟知和尊崇。

要说在国内外华人中最负盛名的国槐，当属山西洪洞的大槐树。在许多省甚至在海外的华人中间，都流传着同样的一句民谣："问我祖先来何处？山西洪洞大槐树。"这句民谣已经流传了很多年，但多少年来只能成为许多人的望乡悲歌和一些临终老人的含泪呼喊。新中国成立之后，特别是改革开放这几十年来，神州大地发生了翻天覆地的变化。随着我国人民生活水平的迅速提高和对外开放的不断深化，国内民众及海外华人寻根问祖、接续家谱的活动越来越盛行。洪洞大槐树及其故事为越来越多的人所熟知。千千万万的中华儿女不远千里万里奔向山西洪洞寻根问祖。这股大潮同样也引起我内心的阵阵冲动：既然我的名字与洪洞大槐树起码在字面上有如此关联，在我有生之年不去一次如何甘心？今年5月下旬，我以古稀之年和夫人一起，开启了前往山西洪洞的寻根之旅。这一去，真是愉悦满满，收获颇丰。先说这洪洞县城，的确可以说是个繁华去处，既有现代文明的各种标志性事物，又有古代留下来的历史见证。道路整洁，行人

槐缘心曲

精神状态很好，且待人礼貌。特别是位于城北两里左右的大槐树镇，更是河水荡漾，道路阔直，草木丰茂，空气清新，给人一种非常轻松舒适的感觉。从挂在路边高处的标牌上得知，这一片区域已被辟为"汾河生态区"。我们所入住的大槐树民俗饭店，是一栋南北走向四层高的建筑，外表一派中国古建筑形象，大厅也装饰得古色古香，房间则是现代化酒店的标准装修。饭店的房后，是同饭店走向一致的笔直而宽阔的滨河路。那路边的河流，就是山西省著名的汾河。汾河流经洪洞县这一段，比起上下河段来要宽阔得多。洪洞县的规划部门抓住机遇，把这一段流域规划为汾河生态区。

　　清晨，我到河边去散步，看到那宽宽的河道，两边的水面全都被绿油油、舒展展的硕大荷叶所覆盖，只在河中间露出一条长长的水道。河水如带，荷叶绵绵，前后不见首尾。河边是修整得很结实、很漂亮的护岸和观景台阶。一片优美的环境，使人流连忘返。尚未见到大槐树，就已感觉到大槐树身边的人民这么了不起，竟把中华民族的一块重要发祥地建设和管理得这么好，使我一下子对他们产生了一种由衷的敬意。

大槐树民俗饭店正门的左前方百米之内，就是世界闻名的大槐树景区，这也是我此次到洪洞县来的主要目的地。我和夫人用了一个上午的时间，饱览了景区的风光。整个景区就是一座大公园，总面积约2.3万平方米，主要由古槐区、古刹区和祭祖广场三部分构成。公园的正门是一座高大的槐根雕塑，宽20米，高13米。一眼望去，只见其古老沧桑，伟岸厚重，百根抓地，遒劲有力。虽然是造型而非真树，却让人一进门就唤起大槐树后裔同门、同根、同祖、同心的深切情怀。在古槐区，我们亲身参拜了第一代大槐树的遗址，第二代、第三代大槐树和植于宋朝初年的千年古槐根。第一代大槐树，传说是汉代所植，距今已有一千八百多年的历史。有关文献记载，古槐最茂盛时期，其树干粗达"七庹零一媳妇"，也就是七个男人和一个女人手拉手才能合抱。这样算下来古大槐树身围大约有四丈，直径可达一丈多。但第一代大槐树已于清顺治八年（1652年）被汾河大水所冲毁。民国三年有地方官应民意之强烈，在大槐树原处修建了遗址，并立石碑以记之。第二代大槐树是由第一代大槐树滋生的，距今已有近四百年的历史。由第二代大槐树同

槐缘心曲

根滋生的第三代大槐树也已有近百年的历史。这两株大槐树距第一代大槐树遗址不过几十米远。眼见它们枝繁叶茂，拜访者络绎不绝，香火旺盛，我心中一种归根之情油然而生，在树下徘徊多时不忍离去。

离这两株大槐树不远处，是一尊千年槐根。据说是宋代所植，虽早已无枝无叶，但仍盘根错节，高出地面四米有余，形状伟岸雄奇，加上人工涂有一层古铜色的保护层，看上去明光锃亮，恰如一尊玲珑剔透而又坚不可摧的巨石耸立绿地之上。我想，洪洞人能把一株无枝无叶的千年古槐真根保存至今，也真是难能可贵的呀！

单以古槐的树龄来看，洪洞县内现在成活的古槐，远比不上正定县的古槐那么古老，但为什么人们都要到洪洞大槐树来寻根祭祖呢？因为洪洞大槐树是历史的见证，是千千万万中华儿女寻找故乡故祖的标志。将历史翻回到六百年前，因元末明初残酷而频繁的战乱，到朱元璋称帝时，中原及江南各省田地荒芜，十室九空，民无生路，国库空虚。为了发展经济巩固政权，从明太祖朱元璋洪武三年到明成祖朱棣永乐十五年的五十年间，先后八次从当时经济破坏较少、人口相对稠密的山西省向其他各省移民。五十年中，共从山西向其他十八个省五百多个县移民三百多万人，使有的省的居民数量，由原来几十万人增加到一百多万人。这对发展各省经济，保证明朝初年政权的稳固，起到了至关重要的作用。但是，这五十年中，被硬性迁移的几百万山西百姓，却饱尝了背井离乡、骨肉分离的痛苦。当时山西省七十七个县中，有七十一个县被移民，其中以洪洞县和靠近洪洞周围的几个县移民人数最多。为了统一组织移民，朝廷在洪洞县设了专门机构，负责动员移民，发给路费，分送各省等事宜。要求被移民的百姓全部集中到洪洞县广济寺前的大槐树下，办理相关手续，然后分赴各地。因此，许多移民都是泪流满面地与大槐树告别，许多远移他乡的老人在临终之时都告诫子女，记住自己的故乡在山西洪洞大槐树。经过六百年的沧桑岁月和子孙繁衍，可以说，在国内国外，凡是华人聚居之处，几乎都有当年山西移民的后裔。

  大槐树附近的广济寺，相传为唐贞观二年所建，虽无汉代古槐年代久远，却也称得上是千年古刹。明初负责移民的办事机构，就设在广济寺前、大槐树

槐缘心曲

下。如今,经过数次修复和扩建的广济寺,规模宏大,殿宇巍峨,与三代大槐树同处一园之内,共同向万千游人诉说着历史的精彩与凄凉。

为了满足海内外中华儿女寻根祭祖的迫切愿望,山西省、临汾市和洪洞县高度重视大槐树景区的建设。在大槐树和广济寺一侧,修建了宽阔的祭祀广场和恢宏壮伟的献殿、祭祖堂。古槐、古刹和祭场三处景观浑于一园,场地开阔,内容充实,使游人目不暇接。洪洞县还专门成立了大槐树寻根祭祖园有限公司,负责设计、安排、组织大槐树的祭祖活动。自1991年举办首届"大槐树寻根祭祖节",至今已举办了二十余届。每年清明前后,大槐树景区到处都是前来祭祖的人,特别是在清明节的主祭日,更是万人聚于一园。一时间旗幡飘荡,供品如山,香烟缭绕,祭颂震天,充分展示了中华儿女对故乡、对祖国浓浓的爱、深深的情。园内的祭祖堂,坐北朝南,面阔112米,进深55米,总占地面积6000余平方米。堂内设1230个移民先祖姓氏牌位,堪称天下民祭第一堂。我在园中买了一本陕西人民出版社出版的《百家姓书库》中杨姓一书,看了之后更认识到我这次洪洞县寻根祭祖之行的特殊必要性。原来早在三千多年前周成王时，就有"剪桐封弟"的故事。周成王封了他的胞弟，也就是周武王的三子叔虞于唐（今山西省翼城县西）。参看东方出版社出版的《中华姓氏通史·杨姓》又得知，自周成王之后，叔虞的后代曾三次被封于杨地（今山西洪洞县东南）。一是周康王六年封叔虞的次子姬杼于杨，是为杨侯，始有杨侯国。姬杼遂以杨为姓，故也称杨杼。这是被许多杨氏家谱所认同的杨氏第一始祖，是天下第一个姓杨的人。二是周宣王十九年（公元前809年），封杨氏第八代祖杨涧为杨侯。三是周安王五年（公元前397年）封杨伯侨为杨侯。此即"周朝三封杨侯国"之谓也！有关资料记载，洪洞县就是古杨侯国，秦汉时置杨县，隋义宁二年改杨县为洪洞。看来天下的杨姓子孙，确实都是洪洞县（古杨侯国）杨氏的后代呀！

  寻根问祖，让我又一次深刻感受到中华民族之源远流长；瞻仰大槐树，更看到了中华儿女的优良品质。他们像古老国槐一样，宽宏仁厚而又坚韧不拔，志在四方而又不忘根本，根深叶茂而又甘于奉献。回想我这名字，与杨氏祖地，与大槐树之根系，竟有如此渊源。尽管父亲为我起名时未必有此深意,但我既已得此佳名,就应该感谢父亲,就应该继承和发扬大槐树的优秀品质,继承和发扬中华民族的优秀品质,做一名不愧对先人的中华儿女。

原载于《芒种》2017年第12期